凤求凰

于文胜 著

济南出版社

图书在版编目（CIP）数据

锡伯渡传奇.凤求凰/于文胜著.——济南:济南
出版社,2016.6(2024.2重印)

ISBN 978 - 7 - 5488 - 2076 - 5

Ⅰ.①锡⋯　Ⅱ.①于⋯　Ⅲ.①长篇小说 – 中国 – 当代
Ⅳ.①I247.5

中国版本图书馆 CIP 数据核字(2016)第 093673 号

责任编辑	刘德义
封面设计	侯文英

出版发行	济南出版社
地　　址	济南市二环南路 1 号
邮　　编	250002
印　　刷	山东百润本色印刷有限公司
成品尺寸	150 毫米×230 毫米　16 开
印　　张	6.5
字　　数	53 千
印　　数	13001 – 15500
版　　次	2016 年 6 月第 1 版
印　　次	2024 年 2 月第 3 次印刷
定　　价	49.80 元

锡伯渡的民族传奇和家族传奇

——于文胜《锡伯渡传奇》序

高建群

在北屯往上十几公里的额尔齐斯河上游，有个古老的地名叫锡伯渡。它一度易名齐伯渡。兵团将它收入后，易名西北渡。它现在则又恢复成锡伯渡这个称谓了。

以上三个地名，都曾经在中国地图上出现过。

锡伯渡与锡伯人那一次迁徙新疆有关。

18世纪中叶，清廷平定准噶尔叛乱后，从东北沈阳一带17屯中抽调1020名锡伯族青年和他们的家属共3275人，分两批来到伊犁戍边。

乾隆三十年（1765年）春天，第一批出发的人，通过蒙古大草原从科布多翻越乌尔莫盖提达坂后进入阿勒泰。

其时正值初夏，额尔齐斯河春潮泛滥，无法渡河。他们所携带的粮食已经不多了，而且人马已经十分疲惫，遂决定在此做短暂停留。半年以后，才渡河而过。

锡伯人渡河的这个地方，遂成为前往阿勒泰城必经的一个渡口。

直到北屯公路大桥修筑以前，它一直是这样。后来大桥修成后，它完成了摆渡车辆的使命，主要用于摆渡前往阿尔泰山夏季牧场游牧的哈萨克人的畜群。

兵团农十师新闻中心主任小于，拿出了一沓他在锡伯渡拍摄的照片，并且为我讲述了上面所谈的锡伯渡的由来。

照片上的锡伯渡的艄公，剽悍、雄壮，年纪六十岁上下，手拄着路旁的"阔乡牧道"字样的石头路标，眼望大河，一副沉思的样子。

艄公叫莫合买提。

指着照片上的艄公，我对小于说，锡伯渡我知道一点，这个艄公的父亲是山东人或者河南人，是在那遥远的年代里，步行走了3年，才从口内走到新疆，然后继续北上，走到额尔齐斯河边，走进一家哈萨克帐篷，被招赘为婿的。

我的话令小于大大地吃惊，他说艄公的父亲确实是山东人，他也是最近才知道这件事。他不知道我为什么二十多年前就知道这个家族的秘密。

小于在锡伯渡长大。他是兵团的第三代了。

我在白房子当兵的时候，我们班有个民族战士叫阿依同拜依，他就是这锡伯渡的人，按年龄推算，他应当是那个从山东过来入赘哈萨克毡房的老艄公的孙子，是眼前这个老艄公的儿子。

我正是从阿依同拜依的口中，知道这个家庭秘密的。

阿依同拜依是哈语"三个巴依"的意思，他说他出生的时候，恰好有三个巴依从他家门口走过。

阿依同拜依的姐姐，曾经给在福海县担任县委书记的贾那布尔当过秘书。照片上的姑娘漂亮极了，像当年来中国访问的尼泊尔国国王的王后。

　　在边防站，我是火箭筒射手，阿依同拜依是班用机枪射手。我们曾同在一个班。

　　阿依同拜依骑马的姿势漂亮极了。歪着身子骑在马上，马一路狂奔、四蹄翻飞，嗒嗒作响。他还为边防站赶过大车。赶的是那种平板车厢的俄罗斯风格的马车，一匹辕马三匹骖马拉着。装着小山一样的一车干草，晃悠悠地从戈壁滩上驶过。他盘腿坐在高高的草堆顶上，挥着马鞭，唱着歌。如果是空车，他则手扶着车前面的那个 X 形的木架，站在车上挥着马鞭呐喊。马儿扬起四蹄，车子在戈壁滩上狂奔。

　　阿依同拜依早我一年复员，如今不知道他在哪里。按照常规推算，他也应当在这一带工作才对。

　　我没有对热情的小于说我为什么知道锡伯渡的这桩秘密。我心里很惆怅。我只对小于说，能安排个机会，咱们去一趟锡伯渡，我想在那里，寻找一个昨日白房子人物的踪迹。

　　但是老杜将我在北屯的日程安排得很满，那近在咫尺的锡伯渡，看来此行我是无法去了。

　　我想，如果谁能将锡伯渡的历史写成一部小说，那会是一部史诗的。写一写锡伯族向大西北迁徙的历史，写一

序

写那个勇敢的山东人跨过千山万水，最后入赘哈萨克毡房的故事，写一写渡口的今天和这个家庭的今天，那真的会成为一部史诗的。

记得在乌鲁木齐，一位年轻的作家告诉我，根据我们现在知道的情况，在新疆这块土地上，曾经流行过十七种死文字。我告诉他说，这十七种泯灭的文字本身就是一本大书，一本我们先民的风云流散的历史，一种来自遥远年代呢喃的声音。溯根求源，我们能从里面找到许多古老的信息，找到昨日的人类发生的向今天的人类发出的那遥远的问候。

举例说吧。

佉卢文公元 2 世纪时曾在阿富汗贵霜王朝风行，成为官方文字，后来贵霜王朝灭亡，佉卢文变成了死文字。然而，它却又开始奇异地在新疆的罗布泊地区以及和田地区风行，成为与汉文同时使用的官方文字。这说明了什么呢？这说明了楼兰人除了是从欧洲迁徙而来的古老种族之外，2世纪时它曾有过一次大的民族融和，这块中亚地中海慷慨地接纳了阿富汗苍凉高原上的远方避难者。

还记得，1991 年的时候，在西安，张贤亮先生刚刚从贵州讲学回来，他对我说，在贵州讲学时，学员提问道，如何才能写出深刻、恢宏、大气的史诗作品？他回答说，你们要去寻找历史的断裂带，比如说吧，贫穷得连盐巴也吃不上的苗族，为什么妇女们头上要盘上十几斤重的银首饰呢？这说明，这个民族过去曾经是生活在温柔富贵乡中的，一定是有过一次什么不测，或者天灾，或者战争，才使他们逃向荒野，逃往十万大山，沦为赤贫的。一个作家，如果他能将那段历史挖掘出来，他就把这个民族写出来了。这写出来的就是民族史诗。

锡伯渡充满民族传奇和家族传奇的故事，它为什么如此触动我，原因大概也在这里。

上面这一段文字，是我两千年时重返阿勒泰所写的随笔之一章。原来它还在一本著名杂志《绿洲》上发过，我把这事都忘了。那次，是我这个白房子老兵，在阔别23年后，应兵团农十师文联之约，重回故地。我因此十分感谢农十师文联主席杜元铎先生和农十师新闻中心主任于文胜先生。

老杜已经去世。好像说是有一年冬天，突发心脏病，当时大雪封路，无法前往乌市抢救，于是死在北屯。那一年在西安见到兵团文联主席李光武先生，我还对老杜之死，表示了无尽的哀悼之意，并请他转告我对嫂夫人和两个孩子的问候。

文胜我也有极深的印象，他撩着两条长腿，肩上扛着摄影机跟着我们从布伦托海，到喀纳斯湖，到阿赫吐拜克，到北湾，到吉木乃，沿着边界线走了一圈。他十分敬业，话不多，像所有兵团人那样，中亚细亚的漠风吹拂得脸色黝黑，那脸上常有一种无奈的、忍受的表情。

序

兵团人是共和国伟大的公民，这话好像是在我之前来过这里的一位副总理说的。兵团人总用这句话来宽慰自己，来为自己活在一种崇高的虚幻的自我感觉良好的状态下寻找注脚。在这闭塞的、干涸的环境中，他们着实活得不易。记得在乌伦古河河源地区的那个团场（大约是183团或184团吧），青年人对我们说："外边的世界很精彩，我们的世界很无奈！"这句话叫人听了很难受。

记得我们告别这个荒僻的团场时，人们站在路旁的建筑物前挥手向我们告别。夕阳凄凉地照耀着这块中亚细亚大陆腹地，那些簇拥在一起向我们挥手的人们，渐渐地退出了视野。——我在那一刻突然掉下泪来。

北屯是中国纬度最北的一座城市。这本书的作者就曾在这座城市供职。在兵团传说中，当年张宗翰将军，坐着吉普车来到这里。额尔齐斯河东岸，蚊虫肆虐，空旷孤寂如同死域；将军在地图上一画说，在这里建一座城市吧，扼守这个要道。于是农十师在这里建立，而在进入21世纪后，升格为北屯市。

北屯市的旁边，有一座平顶的小山，它就叫平顶山。

当年，成吉思汗在平顶山召开誓师大会。尔后，兵分两路，一路渡过河去，穿越阿尔泰山冰大坂，一路打通伊犁果子沟天山峡谷，成钳形攻势，从而进入欧亚大平原，完成他对哈拉喇模的征服，从而为他建立横跨欧亚的大帝国拉开序幕。

北屯市如今已经将平顶山建成了一个公园。两千年的那一次，当我从额尔齐斯河边，平顶山山脚下经过时，看见一只鹰隼。这个草原之王，在清晨巡视了一圈草原之后，此刻正合住翅膀，落在平顶山的山顶。记得我当时感慨地说，这样的山冈正是为这样的雄鹰准备着的，而这样的雄鹰正适宜在这样的山冈上落脚。

　　阿尔泰山是一座横亘中亚细亚的南北走向的山脉，与额尔齐斯河平行。阿尔泰山的最高峰，成吉思汗的年代，叫奎屯山，意思是多么寒冷的地方呀！盛世才的年代，为取悦苏俄，将它改名为友谊峰。1962年伊塔事件后，周恩来总理说，有什么友谊可言，遂大笔一挥，将它改成三国交界处。据说，现在又恢复"奎屯山"这个比较古老的称谓了。

　　说它仅仅是比较古老，是说"奎屯山"之前，它一定还有更为古老的名字的。

　　英国人类学家阿诺德·汤因比说，那是一块多么令人着迷的地方呀！如果让我重新出生一次，我愿意出生在中亚，出生在新疆。那里是世界的人种博物馆，世界三大古游牧民族：雅利安游牧民族、古阿尔泰语系游牧民族、欧罗巴游牧民族。其中前两个都消失在那块土地上了，欧罗巴游牧民族则从马背上走下来，以舟作马，开始了人类的大航海时代。

　　额尔齐斯河是一条用怎样的美丽辞藻来赞美都不算过

分的河流。它发源于阿尔泰山，穿越西伯利亚，注入北冰洋。它在俄境内的名字叫鄂毕河。冬天，河流冰封，夜半更深常发起惊天动地的炸裂声。夏天，春潮汹涌，一河蔚蓝色的浩大水流，仪态万千地从阿勒泰草原流过。

我曾经抱着一支半自动步枪，在额尔齐斯河口驻守过五年。

是的，正如这本书的作者所言，河流上那个或曰锡伯渡，或曰齐伯渡，或曰西北渡的著名渡口，曾经发生过一段传奇。满族之一支锡伯族，在那个遥远的年代里，沿着蒙古高原那弓背形的地面，迁徙伊犁，曾在这里停歇半年，尔后从这里渡河。

那迁徙的人们后来渡过额尔齐斯河后，继续往西北走，直抵伊犁，然后形成如今察布查尔锡伯自治县。我有几位锡伯族朋友，他们告诉我锡伯族应该是满族中的皇族，乾隆将自己最信任的子弟派遣去新疆，让他们像那飞翔的蒲公英种子一样落地生根，从而像一颗钉子一样钉在这块当时多事和动荡的土地上。

锡伯族后来为满族所同化，成为满族中的一支。在东北，锡伯族原来的故乡地，要寻找这个民族的古老语言、习俗、服饰已经很难了。阴差阳错，它却还在这遥远的西陲之地保留着。

关于我文章中谈到的那位锡伯渡艄公的孙子阿依同拜依，我这几年还得到过他的遥远问候。他复员后回到家乡，然后好像在福海县民政局工作了。按年龄推算，他也该退休了。

我现在还能记起他骑马时的那种弯着腰、半个屁股翘在马鞍上的潇洒姿态。现在看那些影视剧上的演员们的骑马，我常常笑着说：生手生手，整整一个人死死地堆在马鞍上，像一堆肉。

我的后来小说中的许多哈萨克格言，就是听阿依同拜依讲述的，例如："马背上摔下来的是胆小的！""不要和骑走马的人打交道""如果有两个聪明人的话，我就是其中的一个；如果只有一个聪明人的话，那就只好是我了！"

在这个西安城细雨绵绵的早晨，我写下以上的文字，为这位新疆朋友的一本书，也为我自己的一段新疆感情。我已经六十出头了，怅然西望，老眼昏花的我，有一种"心在天山，身老沧州"的感觉。

我曾经说过，有一天当我老了，成了一堆灰，请将我的骨灰一分为三，一份撒入渭河、一份撒入延河、一份撒入我从军年代的额尔齐斯河！我生命中最重要的一段是在那里度过的。那里葬埋着我的青春、我的激情、我的一点儿可怜的崇高感。

2016 年 4 月 16 日　西安

锡伯渡

（自序）

于文胜

终于又回到锡伯渡了，这片养育我的土地。也许是这里有我太多童年和少年的回忆，经常梦回到这里，一棵树、一丛草、一捧土……都是那么亲切和熟悉！这里虽然已人去屋废，一人高的荒草马上要把它掩盖了，那条大船也早已不知去向，可我还是感觉那么亲切，仿佛有回到家的感觉。故乡，总是令人魂牵梦绕！

锡伯渡是个很小很小的地方，位于额尔齐斯河上游中段的河南岸，下游距北屯市三十余公里，上游距富蕴县一百余公里，20世纪60～80年代为兵团183团一个连级编制的单位，只有二三十户人家。这里虽小却在中国地图上有它一个点，因为其地理位置曾十分重要，是进出阿勒泰的主要渡口和古牧道。其地名意为锡伯族人住过的渡口。

在历史的长河中，锡伯渡有过三次繁荣时期，每次都留下了浓墨重彩的一笔。第一次是18世纪中期清廷平定准噶尔叛乱后，从今辽宁省沈阳一带的17屯中抽调了1020名锡伯族青年和他们的家属共3275人分两批西迁到新疆伊犁戍边。乾隆二十九年（1764年）春天，第一批出发的人通过蒙古大草原从科布多西行翻越乌尔莫盖提达坂到达这里。

当时正值盛夏，西迁的锡伯族人到渡口时正是额尔齐斯河的洪水期，河水暴涨水流湍急，根本没法渡河，加之锡伯族人人马疲惫，粮食也不多了，他们看到这里风光秀美，河里满是鱼儿，林里动物成群，于是便决定安营扎寨小住下来。整个夏天锡伯族人都是在这里度过的，直到夏末水小时才涉水渡河继续西迁至伊犁。

锡伯族人是射猎和捕鱼的能手，他们用捕获的猎物与当地人交换各种生活用品，教当地人射猎和捕鱼技巧，当地人也很喜欢他们。整个夏天，这里成为方圆百里最热闹的地方，人来人往如集市一般。据传一个锡伯族小伙爱上一个哈萨克族姑娘，他就留了下来；一个哈萨克族姑娘爱上一个锡伯族小伙，她就跟着走了。后人便称此地"锡伯渡"。

锡伯渡第二次繁荣是1959年4月，一支由33名兵团战士组成的特殊队伍来到这里，支起了三顶帐篷，架起了三口大锅——至此，兵团又多了一个团级建制单位——183团。此后人员逐渐增多，锡伯渡土地有限，183团迁至现在叫双渠镇的地方。如今的183团已是有几千人的团场了，然而，这小小的锡伯渡却是它的诞生地。

183团团部迁走后，在原来团部的旧址上留下的30户左右人家，成立了打鱼队，专门打鱼供给团部。后又改为采石队，进山开采条石为新团部盖房打地基用。再后来，改为耕田种地的农业连队（连队，是新疆生产建设兵团体制系列中的一个专用词，是屯垦戍边事业中一个最基层的生产单位），但还叫采石队。20世纪70年代中期我上小学时，锡伯渡就试种成功了苹果，成为阿勒泰地区首个产苹果的地方，各地纷纷来买苹果。

后来虽然在北屯修建了水泥的额河大桥，修建了直通阿勒泰市的公路，但锡伯渡仍是一个重要的渡口。福海县每年春季进山秋季下山转场的牛群、羊群、驼群、马群和拖家带口游牧的哈萨克族牧民，都要经锡伯渡渡河进出山；河两岸的牧业队和生产队之间的人走亲访友都要经过锡伯渡，那时的锡伯渡一年四季都很热闹。

20世纪70年代，因独特的地理环境和气候条件，锡伯渡是方圆百里出产特种果菜的地方。除苹果外还成功种植了海棠果、啤酒花、一号洋芋等。这里种出的西瓜个大瓤甜，黄西红柿和南瓜远近闻名。当时盛传锡伯渡的黄西红柿两个顶一个鸡蛋，洋芋又大又沙又甜可当馍吃，走后门才能买上。这里羊多、鱼多、瓜果多，曾令多少人羡慕！

那时，锡伯渡的鱼太多了，可能因为是渡口船上掉下的牛羊粪多的原因，一群一群的鱼在渡口游来游去，随便下一片网一个钟头就上满了鱼。我小时候，到处粮食紧张，连队就成立了一支打鱼队，每家每天分一水桶鱼，一年四季吃鱼，连上学带的午饭都是烤干鱼，可以说，我们那一代锡伯渡小孩是吃鱼长大的。

那时锡伯渡鱼多到什么程度，举两个例子：一个哈萨克族牧民骑马从浅水处过河，马被狗鱼（白斑狗鱼，又称乔尔泰）咬得乱跳，上岸一看，牧人两只脚上各咬着一条大狗鱼，马的阴茎上咬着一条大狗鱼。连队一个叫条条的青年，一个猛子扎进河里，搏斗了好一阵，提出了一条两米多长、脸盆粗的狗鱼。我们小时候钓鱼不用食，钩上扎束羊毛就行了。

那时，当地的哈萨克族人不吃鱼，不吃蔬菜，主要吃肉和奶茶奶酪，但他们喜欢汉族人种的西瓜和自酿的酒。于是锡伯渡就有人悄悄在自家酿酒，在自家地里种西瓜，然后用酒和西瓜换来哈萨克族牧人的羊和牛宰了吃肉。记得小时候锡伯渡一到冬天，几乎家家都会宰一头牛过冬。那时，除了很难吃上白面馍馍外，鱼肉是不缺的。

除了鱼多牛羊肉多外，那时锡伯渡渡口两岸的树林里野兔子特别多。连队有个外号叫"兔见愁"的，捉兔子的技术高超，一次少则捉一两只多则捉五六只大野兔子，一年能捉几十只甚至上百只野兔子。

20世纪60年代中期至70年代末期的锡伯渡是它最繁盛的时期，那时谁要是想调进采石队是很难的。记得那时经常有团电影队和演出队来放电影和演节目，后来才知道他们经常来的原因是锡伯渡有鱼吃、有肉吃、有好瓜果吃，难怪西瓜一熟电影多了，苹果一熟好戏多了，冬天一到领导多了呢。进入20世纪80年代后锡伯渡开始冷清下来了。

说锡伯渡就不能不讲讲那两只大船。据说，额尔齐斯河在中国流域内有好几个渡口，曾经还与苏联通航，但最大的还是锡伯渡的渡口。渡口南北，各深深地埋下一个大木桩（后改为钢筋水泥桩，至今还在），木桩上系着一根锃亮的钢丝绳，有擀面杖般粗，仿佛一张巨大弓上的弦，绷得紧紧的。钢绳下系住一个大的动滑轮，滑轮的另一头把河面上的两只大木船死死地抓住。每只木船有十米长、三米宽，两只木船并在一起，上面用厚木板钉成一个约有六十平方米的大船平台，一次能装一群羊或两辆大汽车。船工倾斜着身子，双手紧紧地拽着钢绳，像拔河似的一把一把地拽，加上水的冲力，大船慢慢驶向对岸。

那时锡伯渡的采石队归183团管，而渡口和渡船归福海县管。从20世纪50年代到90年代中期有过两个船工，一个是我小学同学库盘的父亲，哈萨克族。20世纪70年代末库盘的父亲退休了，父亲是汉族、母亲是哈萨克族的莫合买提接管大船。一直到20世纪90年代中期，这艘大船还在摆渡，只是作用越来越小了，和采石队一起衰落了。

锡伯渡的第三次繁荣是20世纪80年代中期，仿佛是一夜之间，锡伯渡上下几十公里的额尔齐斯河两岸一下涌来了数万淘金大军，用短短两三年时间就把两岸的河滩翻了个遍，无数的树木被砍伐，额尔齐斯河两岸满目疮痍。一时间，天南地北的几百人涌进锡伯渡，小小的弹丸之地一下拥挤不堪，热闹非凡，人称"塞外小香港"。幸亏国家及时制止了阿尔泰山的淘金乱象，尽管如此，河流、草原、山地、林木的破坏仍十分严重。短暂的繁华热闹之后，锡伯渡像一个受尽凌辱、元气大伤的老者，开始走下坡路了，到 20 世纪 90 年代中期，仅剩几户人家了。锡伯渡仿佛完成了它的使命，终究被历史的长河淹没了。

　　2012 年 9 月 23 日，我回到这里，整个锡伯渡只剩两户人家。那两只大船早已腐烂成为残骸，两岸的码头上长着一丛丛野草，原来的一排排房屋不复存在，取而代之的是一人多高的杂草和郁郁葱葱的树木。唯有那条叫额尔齐斯河的大河，仍自东向西静静地流淌……

1. 凤求凰

"凤求凰"是我们锡伯渡连队小学四年级一班女同学李喧爸爸的外号。

李喧爸爸本名叫李立峰，原来大家都叫他"画家李"。有一年春节，男同学谢党的爸爸——天津人谢司务长和刘会计受连党支部委托慰问困难户，慰问到画家李家时，谢司务长发现他们家挂的年画不是杨柳青的大胖娃娃，也不是稻谷飘香的丰收图景，而是两只大鸟。

谢司务长在画前瞅了半天，终于弄明白了："好嘛，我以为吗东西呢，一个在天上，一个在地上，原来是两只火鸡呀！好嘛，你们家今年可多鸡蛋吃了！"画家李赶紧说："这不是火鸡，这叫凤求凰！""啥？凤求黄？有这鸟吗？"谢司务长睁大眼睛。画家李哭笑不得："不是凤求黄，是凤求凰，这凤和凰是两只传说中的鸟……"画家李一说起画来就滔滔不绝了。谢司务长早就不耐烦了，赶紧闪身。出了门，谢司务长吐了口唾沫："吗？明明两只火鸡，唬吗人？还凤求凰呢！"这笑话传遍了全连，大家就把画家李改叫凤求凰了。

凤求凰是上海支边青年，根正苗红的工人阶级家庭出身。据说他父亲在新中国成立前是一家大工厂工人运动的头头，在一次带领工人反压榨、反剥削的罢工运动中，被国民党特务暗杀了。来新疆兵团之前，凤求凰是某艺术学校的高才生，画画很有名。当新疆兵团到上海"招兵"时，怀抱"知识青年到祖国最需要的地方去""到大风大浪里锻炼成长"崇高理想的他，毅然"投笔从戎"。到新疆一看，不是他想象的军队生活，是来干活的"土八路兵"，但后悔已经来不及了。他不愿受同学笑话，跑到团部借了套解放军军服，在照相馆自己画了幅一条大河两旁全是高楼的"兵团"作背景，穿着军装拍了张威风凛凛的照片寄回去。还说自己当了管一大群人的官。一年后，崇拜他的邻家小妹陈小妹扒火车、乘汽车、坐马车，不远万里找到

这里后方知受骗上当，哭了几天，还是做了凤求凰的老婆。

据说，凤求凰在团部照相馆画的那幅画真帮了不少光棍的忙，许多人争相拍照，把照片寄回各自老家，不少人都骗来了媳妇呢。就连锡伯渡养马的老马，大字不识的土老粗一个，快四十岁的人了竟也一张照片从老家骗来了个十九岁的大姑娘，还真成了他老婆。那是真实的事：不少人一张照片加八分钱邮票就"寄"来了老婆。听说团长高兴地在某个会上夸说："好哩，好哩，都有老婆了，队伍就稳定哩，那个画家功不可没哩！"但也听说，不少被骗的老婆专门到照相馆去看了凤求凰的画，在那幅一面墙大的巨幅画前，有的人大哭，有的人大笑，有人咬牙跺脚说要杀了这画画的人，吓得凤求凰不敢承认是他画的画。再后来，那幅用帆布画成的"兵团"神秘地消失了。

不知凤求凰原来是不是很英俊，反正我记事起就知道他是连里最邋遢的人。他个子很高，一米八几；人很瘦，五六十公斤；脸很长，戴一副大框眼镜，常年梳一个大背头，背也有点驼。他常年穿一套四个口袋的黄布"军装"，左胸口袋里总是插着两支钢笔。他说话时爱用手往上推推那副一只腿缠了白胶布的大眼镜，衣服总是油不啦唧土不啦唧的，五个上衣扣子经常少两个。他老婆陈小妹比他好多了，干干净净的，只是营养不良的原因面黄肌瘦一副病态。每次凤求凰来我们家借粮食走后，我妈都会说："看他老婆把个男人收拾成啥样了，就知道自己臭美！"我爸说："那也是驴粪蛋子表面光！"

凤求凰两口子在连队是出了名的懒人。按连长的话说："啥人嘛，除了张嘴，干啥啥不行！真是上海鸭子呱呱叫，跑到新疆睡大觉来了！"几个调皮的娃娃见到凤求凰就喊："上海鸭子呱呱叫，跑到新疆睡大觉。噢——"也难怪连长生气，连里的活计让凤求凰干了一遍了，哪样也没干好。挖大渠，别人一天干八方土，他四方也干不了；打土块，别人一天打六百块，他最多三百块，而且一半是塌的；割麦子，别人割两三垄，他说个高弯不下腰，一垄也割不了。让他去看菜园子，他天天坐在墙头上画树、画草、画鸟、画大白菜，结果让几头牛糟蹋了半个园子。没招了，让他去南羊圈放羊去，他天天拿个小本本跟在羊屁股后面画羊，狼咬死了三只羊他都不知道，气得连长把他画画的本本撕了。这也没用，他用棍棍在地上画，又让狼咬死了两只羊。

凤求凰家在连队是最困难的。他虽是正式职工，可老婆是家属，没户口、没身份、没工作、没口粮，孩子随妈也成了黑户。团里有一年放宽政策，职工家属只要本人申请可以落户转正，陈小妹嫌上班太累了，不干，错过了机会。尤其孩子出生后发现也成了黑户，陈小妹后悔了，找连里找团里要求落户转正，这不，十年了也没转成。一家三口吃一个人的口粮，加上又不会计划，常常是吃了上半月没下半月。凤求凰就挨家挨户借粮，每月都要借一圈。生活可想而知了。我们家剩余口粮几乎全给他们家了。他女儿喧喧从生下来就穿我妹的衣服，那件花棉袄还是我妈买布买棉花给她缝的哩。

不过，连里人对他老婆虽然多看不惯颇有微词，但对凤求凰都还是挺好的。凤求凰也是乐意帮人，有求必应。每年春节前都是他最忙乎的时候，几乎家家户户都请他去画年画写对联，连长、指导员家也不例外。春节前一个来月，指导员就会叫我爸到团部买一些水彩颜料，凤求凰到谁家画，颜料就轮到谁家。谁家叫画啥他就画啥，画得惟妙惟肖。有的人家不自觉，一弄两三天，让凤求凰画好几幅，连小房里都贴一幅，群众很有意见。后来指导员规定，一家只能画一幅，尺寸不能超过年画大。我爸说，指导员和连长家，哪年也没少画！

在谁家画画谁家管饭，这是不成文的规矩。凤求凰每次自己吃饱肚子，还要嘿嘿笑着揣两个馍倒半碗菜回去，家家也都善意地笑笑，有的还多拿两个馍给他。要知道，那时粮食多紧张，定量供应，有钱也买不到。光景好的人家一年也吃不了几回白面馍，平时都吃高粱米和苞谷面。那段日子，凤求凰吃香得很，他老婆也天天春风拂面，看凤求凰的眼神都情迷迷、娇滴滴的。

学校里一个教副课的年轻女老师嫁给了副团长的儿子，调到团部中学去了。我爸是小学校长，去找指导员要求让凤求凰做代课老师。为了改变他的形象，我爸掏钱扯了几米蓝华达呢布，让我妈给凤求凰做了套新衣服。这下，凤求凰精神多了，俨然成一个"教授"了。为感激我们家，凤求凰老婆没事就给我妈帮点小忙，当然，也不忘随手抓两把盐、倒半碗醋地捞点小便宜回去。

有一次，我爸发现凤求凰没穿两月的新衣服上一大片油渍，问他，他支支吾吾地躲闪。那时清油可金贵了，一个人一月才二两油，都是菜出锅时才点几滴油的。我爸很奇怪，说给我妈，我妈也说她发现陈小妹衣服上也油点点的哩。

有天喧喧来我家，妈妈留她吃饭时问："喧喧，你们家最近都吃啥哩？"喧喧说："我妈不让说哩。"妈妈故意生气了："喧喧不说阿姨不喜欢你了。"喧喧就说："阿姨，昨天我爸喝了半缸子清油拉肚子了。"我爸妈好像明白了。

有天中午，我妈去果园子浇水，听到不远处林子里有动静，提着铁锹悄悄摸过去一看，谢司务长正趴在陈小妹身上哩。我妈又悄悄退了回来。那时这种事叫搞破鞋，抓住不仅要处分，还要挂破鞋子游街呢。晚上，谢司务长提了两瓶油一袋白面来我们家，我妈说啥也没留下，让他把东西又提回去了。第二天凤求凰来我们家，我妈提醒他给陈小妹找点事做，别让她太闲了惹出什么事来。不料凤求凰嘿嘿笑着："她和谁好我不管，只要让我在家里画画就行了！"我爸气得骂他："你还是个男人吗?!"他仍"嘿嘿"地笑，一副一点也不在意的样儿。

一天我爸对我妈说："以后你再别说凤求凰了，他心里苦哩！我两次看到他躲在防洪坝后面哭哩！"

这一年夏天，额尔齐斯河的洪水特别大，马上就要淹过防洪堤了。连里男女老少能干活的全上堤固坝。凤求凰最显积极，他拼命地一筐一筐往坝上抬土，正当他往坝上倒土时，一不小心滑进了波涛汹涌的河里，还没等岸上的人回过神来，一个浪头就把他卷没了踪影。

人们沿着大坝呼叫着，寻找着，一直向下寻了好几里，连着三天也没见凤求凰的踪影。连长说，这么大的水，尸体早冲走了，不找了。他是因公牺牲，待洪水退了，开个追悼会吧。他老婆孩子按烈士家属上报团里吧。

　　一周后，洪水退了。正当连里在礼堂搭建凤求凰追悼会场呢，两个哈萨克族牧民把凤求凰押回来了。原来，两个哈萨克族牧民当天就在下游几里远河边的一棵倒树的树杈子上发现了昏迷的凤求凰。他们把他抬回毡房里救醒了，又宰了只羊给他补了几天身子。当他们问凤求凰住址要送他回家时，凤求凰支支吾吾不肯告诉人家他是哪里人干什么的。警觉的牧民怀疑他可能是特务，赶紧报告生产队长。队长亲自带人把凤求凰抓了，一审，是锡伯渡的人，就派人给押回来了。这成了连里的笑话。不过大家都很高兴，说凤求凰真是命大哩！

　　晚上，我爸把凤求凰叫到家里，弄了两个菜一瓶酒给他压惊。凤求凰一大口一大口地喝酒，一会儿就微醉了。突然他趴在桌上大哭起来。我爸说："高兴的事哩，你哭啥呢？"凤求凰哭着说："我就不该活下来哩！我活下来了，小妹娘俩就当不成烈士家属了，就转不了正，落不了户了……"我妈扭头捂住脸跑出屋子，搂着我的脖子也大哭了起来……

"特务事件"使邻近的地方牧业队知道了锡伯渡有个会画画的老师，他们的革委会主任亲自来连部拜访求援，要请凤求凰去给他们帮忙画"批林批孔"的宣传画，连长和指导员当即就答应了。他们当天就把凤求凰请走了。

一个月后，凤求凰红光满面地回来了。关键是，不仅他从未有过地胖了不少，还穿了一身黄呢子大衣、一双大头鞋。凤求凰说这衣服和鞋都是牧业队领导送他的。连全连最有"油水"的谢司务长都羡慕了："这是吗！这是吗！不就画个画吗？咋的了吗，还真能上了！"

没过多久，牧业队的那个主任又来了，说他们县上领导看了凤求凰画在墙上的宣传画大加赞赏，要请他去县里画宣传画。

地方县里要请凤求凰去画画，这可不是小事。连里专门召开党支部委员会讨论。刘会计说："这是给咱连里争光呢！让他去。"谢司务长脖子一拧："争吗光，争吗光，画个画能争吗光？净个人捞好处去了！"连长说："还是要注意兵地团结，让他去画几天也没啥。"谢司务长站起来："吗没啥，咱的人为吗去给别人画，要画吗也要咱连里画。不是我扣吗帽子，这'批林批孔'咱连里就没人家搞得好!"他指指自己脑袋,"有群众反映,咱们领导这有问题!"指导员说:"人家是县里借人,咱们也得请示团里吧?团里和县里是一个级别嘛!"电话打到团里,团里让立即派人。

两天后,凤求凰竟被一辆草绿色的吉普车接走了。

走的那天,在连里男女老少百十号人羡慕的目光注视下,凤求凰风风光光地上了小汽车,好不美气!他老婆也激动地一个劲儿抹眼泪。我爸说:"这凤求凰终于熬出头了!"连长说:"都瞧见了不?咱连里有能人哩!"他拍拍屁股:"我这屁股还没坐过小车呢!"众人大笑。

唯独谢司务长没来送凤求凰,他站在家门口老远看着,嘴里嘟囔着:"神气吗,有吗神气,不就画个画嘛,有吗的!"

其实谢司务长蛮高兴凤求凰离开家的,那样,他和陈小妹勾搭更方便了,也不用老往树林带里跑了。可是,他又心里嫉妒得不行,一是凤求凰一下显出能耐了,他受不了;二是凤求凰不就画个画嘛,好吃好喝不算,还弄回了一身呢子料衣服外加一双大头鞋,这更让他受不了。要知道,他一个堂堂的司务长,管着全连百十号人的吃喝拉撒呢,连他都没弄上一套呢子料衣服哩,一个没吗本事的画画的竟穿上了。谢司务长眼睛都快红出血了。再有，他担心凤求凰真的混好了，陈小妹的便宜就不好占了。

谢司务长越想心里越不平衡。他看着远去的车影，往地上吐了口唾沫："吗能的！老子倒要看看能能到哪里去！"

当天天刚黑，谢司务长跟老婆说去连部开会学习最高指示，拐个弯趁没人闪进了凤求凰家。这第一次跑到人家家里来偷情，谢司务长不免有些紧张。这一紧张，没弄两下就不行了。陈小妹就从衣柜后面拉出个东西，点了灯让谢司务长看。

回到家里，谢司务长做梦都是那个东西：丰润的白白的身子，挺挺的乳房，翘翘的屁股，修长的腿……虽然侧着脸看不出是谁，仅看这美美的身子就是天仙女下凡。谢司务长不得不佩服，凤求凰画得还真好哩。

谢司务长想着想着觉得有些不对，他凤求凰画光屁股女人说明他思想不正，至少有流氓思想，这样的人怎么能去画革命宣传画呢？不行，要揭发！他琢磨：自己去揭发？不行，那是不打自招；写匿名信告发？不行，那肯定怀疑是和陈小妹有奸情的人干的，弄不好找到自己了……

天快亮时，谢司务长终于想出了高招。

连里有个叫条条的光棍一直对陈小妹有意思，动不动就给她献殷勤。只是，条条一个比凤求凰活得还惨的人，陈小妹都不正眼看他一眼。谢司务长傍晚时假装碰到了条条，他递给条条一支烟："好嘛，你在这溜达吗呢？刚才陈小妹还到处找你呢。""不会吧？她找我干什么？"条条说。"瞧瞧，你这是吗话，她找你干吗我怎么知道？想起来了，她说碰到你告诉一声，叫你晚上去她家一趟。怎的，走吗运了吧，你小子该不会来桃花运了吧?!"谢司务长开玩笑似的说完走了。

　　谢司务长把条条的心撩得痒痒的。天还没黑条条就跑到陈小妹家周围转悠开了。好不容易挨到家家户户的灯都灭了，条条闪身来到陈小妹家门口，轻轻敲了几下。刚躺进被窝的陈小妹以为谢司务长来了，小声说："门留着哩。"白天谢司务长告诉她晚上留门。条条欣喜若狂，溜进门就麻利地脱了个精光，正要往陈小妹被窝里钻呢，门哐地被一脚踹开，谢司务长带人冲了进来。条条被当强奸犯抓了起来。顺便，他们发现了那幅光屁股女人画。条条被公安带走的那天，连长本来要上交那幅画的，但一想别牵连了凤求凰，就把画藏到柜子顶上了。

　　那天连长突然想起这幅画，就晚上跑到办公室悄悄拿出来欣赏。连长打着手电从上到下、从下到上、从左至右、从右至左一遍遍地仔细欣赏着画，当欣赏那女人屁股时，发现有一颗淡淡的红痣，再细看，痣上长了一根毛。连长手电"啪"地掉到地上，惊叫道："我说咋这么熟悉哩，原来画的我老婆！"

连长是山东复员军人，脾气暴得很。他老婆是湖南招来的"女兵"，小他十来岁，是组织上介绍成婚的。老婆在连小学教唱歌。连长回到家里二话不说把老婆一顿暴打。天一亮，连长就派人去二十公里外的县城把凤求凰给抓了回来。

当天下午，连队礼堂召开隆重的批斗会。凤求凰和连长老婆被五花大绑押上台，他们"通奸"的罪证"光屁股画"一并搬上台来。可能是给连长老婆一点面子，一串破鞋子挂到了凤求凰脖子上。

连长要他们俩当众交代通奸实情，凤求凰和连长老婆都拒不承认。几个年轻人上去对凤求凰一顿拳打脚踢，凤求凰还是不承认。年轻人又换成棒子、棍子上台一阵乱打，凤求凰被打得头上、鼻子、嘴巴鲜血咕咕往下流，他还是把口咬得死死的。连长气得抛了帽子大叫："铁证面前还嘴硬，给我往死里打，打死了我负责！"几个年轻小伙竟然提着铁锹、十字镐冲上台去。台下众人的心一下揪紧，这真要出人命了！

正当一把铁锹往凤求凰脖子上砍下之际，陈小妹冲上台大喊："快住手！那女人画的是我啊！"连长一脚把陈小妹给踹了下去，骂道："你也不是什么好东西！"陈小妹又爬上台，三下五除二就脱去了衣服，哭着喊："大家看，屁股上这颗红痣……呜呜呜……"所有人都被这场景惊呆了。突然，不知谁带的头，大家竟鼓起掌来。

"光屁股画"风波像暴风骤雨般猛烈地来也匆匆地去了。然而，凤求凰的"宁死不屈"和陈小妹的"娇妻救夫"成为人们茶余饭后的美谈。从此以后，人们心目中对凤求凰和陈小妹平添了几分敬重。

连长老婆在回家上吊被救下来后，连长当晚亲自到凤求凰家赔礼道歉。陈小妹想要回那幅"光屁股画"，连长嘿嘿笑着说："那画放在家里惹事，我替你们保管着。"不过，全连人都知道连长老婆屁股上有红痣了，甚至有人说连长老婆和陈小妹前世可能是孪生姐妹。

但是，没过多久，连长到团里要来了个正式女老师，凤求凰只能又回南羊圈放羊去了。

第二年开春，团里下来了工作组，说锡伯渡不紧跟时代潮流，要整顿锡伯渡。没几天，连长和指导员全被打倒了，刘会计也被罢了职。第一个贴出连长大字报的谢司务长升任连革命委员会主任。因为我爸不贴连长和指导员的大字报，被谢主任撤销校长职务。

团里组织各连队的领导到牧业队学习经验，谢主任看到牧业队沿街两边房屋的墙上都画了革命宣传画和写了毛主席语录，知道这些都是凤求凰的杰作，心里暗喜。

回到连队，谢主任马上把凤求凰调到连部，让凤求凰把全连房子的侧墙上都画上革命宣传画或写上革命标语。所有墙上都画写满了，没地方画了，谢主任突发奇想，要建十里语录碑。很快，进锡伯渡的路两边，十米一块、一块十米地立起了许多块用水泥砌面的语录碑。为了加快画画写字的速度，连里给凤求凰配了四个助手，要求一个月内全部完工。

锡伯渡不仅一改往日的平静，而且"旧貌换新颜"。街头巷尾，道路两旁，甚至电线杆上到处五彩缤纷，而这全是凤求凰的杰作。一次我爸对正在往我们家小房墙上贴标语的凤求凰说："老李，你干脆用颜料把咱全连连房子带人全染一遍得了！"凤求凰"嘿嘿"地笑。在锡伯渡，也就是我爸始终叫他"李立峰"或"老李"，连小孩子都喊他"凤求凰"。

小小的锡伯渡一下热闹非凡，每天来参观学习的人很多，几乎每天都要开各种各样的大会。那一年，我经常看到老连长和指导员他们五六个人被押着游街。

他们本来要抓我爸批判的，谢主任最后手下留情了，据说是陈小妹给求的情。这时，陈小妹不仅已成了正式职工，而且当上了代理司务长，每天跟着谢主任鞍前马后忙乎得很哩。但我爸好像并不领他们的情，还私下骂过他们"一对狗男女"。

不过，随着锡伯渡的出名，凤求凰也名气大起来了，到处有人请他去画画，风光得很哩。团里在团部丁字路口建一座大型毛主席画像墙，要画一幅十米高的毛主席全身像，没有一个人敢画。正在团革委会主任犯难之际，谢主任挺身而出，说他请命完成这个光荣而神圣的任务。谢主任把任务安排给凤求凰，凤求凰吓得两腿哆嗦，直喊"画不了，画不了"。谢主任就找来各种毛主席画像，命令凤求凰回家练习，必须完成画像任务。在谢主任的"直接带领"下，凤求凰完成了巨幅毛主席画像。全团人都说画得好极了，不仅画得像，更画出了领袖风采。凤求凰一炮走红。团里直接把凤求凰调到文艺宣传队去了。不久，凤求凰成了"李副队长"。又不久，陈小妹随调团部，成了电影院的放映员。

锡伯渡出了个大能人。有的人高兴，有的人嫉妒，有的人后悔。谢主任就悔得肠子都青了。他请命得来的成绩，到头来自己没得到一点好处，却让凤求凰占尽风光得到了大好处。特别是，他谢某人费尽心机才当了个正连职，凤求凰一步就从一个放羊的升成了副营职，官反而比他大了！再有，陈小妹随调到团里后，对他的态度明显发生了变化，有几次还拒绝了他，这让谢主任更加恼火。

谢主任突然想起，他在凤求凰家看到过许多领袖画像草稿，这里面一定有文章可做。陈小妹最后搬家走后留下不少东西，所以房子还一直占着。谢主任叫了几个干将把陈小妹家门撬开，果然在一个旧水桶里发现了一团团草稿纸。他如获至宝，一张张打开，天哪，有一张已画好的领袖画像上不仅脸上有一滴墨汁，还在右胸上用红色打了个"×"。这是对领袖的极不尊重！这是对领袖的恶毒攻击！

刚当了半年"李副队长"的凤求凰，以"恶毒侮辱和攻击伟大领袖"的"隐藏最深的阶级敌人"的罪名，被判死刑立即执行了。

谢主任连升三级，升任团革委会副主任，成了团领导。

就在凤求凰被枪毙、谢主任升职的那年冬天，发生了一件震动全团的大事：团革委会谢副主任赤条条死在一个女放映员家里了，两个人是煤气中毒死的。

不久，师里工作组直接来到了锡伯渡，查出谢主任原来是个大贪污犯。

据说，凤求凰的女儿李喧在陈小妹死后没几天就被天津来的大伯接走了。从此，我再没有见过她。那年，我们正上五年级。

三十五年后的一天，我看电视新闻里说：当代著名画家"凤求凰"夫妇"情系新疆"作品全国巡展正在乌鲁木齐艺术馆举行，盛况空前，好评如潮。我想起了小时候的那个画家凤求凰，又看到电视里播的一幅画像我小时候生活过的锡伯渡，于是决定前去参观。

在人流如潮的展馆里，一百多幅油画里有不少都是画锡伯渡的。展馆中央一幅不大的油画前围满了人。我挤过去一看：一个半侧着的裸体女人，丰润的白白的身子，挺挺的乳房，翘翘的屁股，修长的腿……

2. 啤酒花

啤酒花一家是从扎河坝煤矿搬来的。据说是冲着锡伯渡这"世外桃源"可以搞点副业一家人能混饱肚子来的。

其实那时候，已是"文化大革命"末期，连队几乎家家都有了自留地，可以养几只鸡鸭，自力更生补贴伙食，所以吃饭已不是什么大问题了。

又听说，因为啤酒花和前面老婆生的大儿子在煤矿跟他挖煤时被砸死了，啤酒花怕这两个儿子将来也挖煤，便到团里送了礼，调到锡伯渡来了。

啤酒花刚来时，别人叫他"大王"，后来他做起啤酒后，又都喊他"啤酒花"了。这是锡伯渡的独特文化，每个人都能根据其特点、特长什么的给起个外号，有好听的也有不好听的。好听的外号就当人面喊，如"大能""二能"；不好听的就背后喊，如"二流子""陈吹牛"。啤酒花这外号应该是中性的，大家都喊得顺嘴。只是，一个大男人起个带"花"的外号，多少还是有些笑话，所以他从不让小孩子喊他啤酒花。有次我跟着妈妈喊他："啤酒花叔叔好！"他扬起手往我屁股上轻轻一拍："叫王叔叔好！"我马上改口："王叔叔好！"啤酒花就开了瓶啤酒给我："尝尝叔叔的啤酒！"我喝了两口，香香的，舌头麻麻的，正还要喝，被妈妈夺去了酒瓶："小孩子不能喝酒的！"那是我第一次喝啤酒。

啤酒花人过四十五了，两个儿子一个十五岁，一个十三岁，都是现在这个老婆生的。啤酒花三十岁那年，第一个老婆翻车给砸死了。现在的老婆对外说两个儿子都是跟啤酒花生的。知情的人却说，啤酒花老婆当年是丈夫死了五个月后挺着大肚子再嫁给啤酒花的，老大怎么可能是啤酒花的？除非她丈夫还没死时啤酒花插空早早把种种下了！但不管哪种情况，现在这个大儿子长得跟啤酒花像一个模子刻出来一样。二儿子反而既不像爹也不像娘。连里女人私下议论，说她二儿子肯定不是和啤酒花生的，大儿子倒一定是啤酒花的种。

啤酒花的啤酒作坊就在我们家隔壁，原来是连里的杂物房，连里不用了后我们家要来，泥了墙作做饭的房子用。啤酒花搬来后就借用去专门做啤酒了。

那时锡伯渡种了很多很多啤酒花，从这头望不到那头。地里插满了一米四五高的方形水泥杆，杆和杆之间用铁丝连成网，那啤酒花像牵牛花一样爬满了铁丝网，大大的叶子遮满了每一个缝隙，人钻进一排排水泥杆下，一条一条挂满啤酒花的绿色长廊伸向远方。那粉白色的啤酒花，像葡萄一样一串一串地挂在网上，香味浓烈，人钻进去一会儿出来，满身就散着花香。那花香极好闻，就是啤酒的香味。啤酒花从七月初一直开到八月底。那两个月，全连人最忙的事就是采花、烘花、运送加工好的干花到团里。

花太多了，就没人把它当回事了，这就给啤酒花创造了机会，他经常下班时用衣服扎一包啤酒花回来，像烘茶叶一样用锅把花烘干，然后在我们家隔壁的作坊里堵严了窗户关实了门，不知具体怎么弄的，捣鼓一晚上，然后紧锁大门捂上几天，一批用玻璃啤酒瓶子装的土法酿制的啤酒就可以卖了。他平均每周制作一次，每次一百来瓶。他老婆因为是家属没有工作任务，就每天坐在连部房头的阴凉下给来往的人卖啤酒，三毛钱一瓶，要当场喝完交回瓶子。每天连领导要去喝下几瓶，还有爱占小便宜的喝了不给钱，能真正卖上钱的也就一半左右。一个月能卖个六七十元钱，到十月份一共能卖三百来元钱哩！啤酒花两口子很满意！

有一次，我看见妈妈用钥匙打开酒作坊的门进去拿我们家的东西，就跟了进去。哇，地上全是装了啤酒的瓶子。我闹着妈妈要喝，妈妈不肯，说别人的东西不能乱动的。出来后，我看妈妈把锁门的钥匙压在窗下鸡窝上的一个土块下了。

下午我们四年级的学生都要去地里摘啤酒花。干了一会儿我便累了，问同班的臭臭："想喝啤酒不？"臭臭高兴地说："想喝想喝！能喝上吗？"连里大人有交代，不让啤酒花老婆给小孩卖啤酒。我说："跟我走，咱们可以喝个够哩！"

现在想来，啤酒花令我印象颇深，并不是因为他如何会做啤酒，而是因为他那独特的人生经历。

啤酒花是 20 世纪 40 年代初河南老家发洪水闹饥荒逃难来新疆的。那时他才十来岁。到新疆后他举目无亲，只能在县城里沿街要饭。那天，已有两天没要上饭的他饿得不行了，在一个路口处见到一个背着小包袱的胖墩墩的中年人，他见那人慈眉善目，本来想上去讨点钱买吃的，到了跟前不知怎的抢了包袱就跑。他原想那个人胖墩墩的肯定跑不快，不料那人功夫了得，他没跑出百步就被按倒了。他只得连连求饶，心想一顿痛打是避不掉了。不料那人扶他起来，说："小兄弟是驻马店的?"啤酒花连连点头。他也听出那个人口音是老乡，就说："大哥可怜可怜我吧，我快饿死了!"那个人就把他带到一个饭馆，他一口气吃了五盘拌面。那人很关心老家情况，啤酒花告诉那人老家饿死了很多人，他家就剩自己一个人了。那人眼里流出泪来，对啤酒花说："那你就跟我回去挖煤吧，虽然小命也朝夕不保，但总比饿死强。"就这样，啤酒花来到了扎河坝煤矿，那个人成了他师傅。

师傅待啤酒花像亲人，虽然年龄大他一轮多，却总是和他兄弟相称。后来师傅娶了女人，师母待他也像自家人，他吃住都在师傅家里。

啤酒花二十五岁那年，他和师傅正在井下挖煤，突然听到头顶上的顶木"咔"的一声，他被师傅一掌推了出去，还没等他回过神来，"轰"的一声，师傅被埋在煤下了。等一帮人把师傅挖出来，师傅早已断了气。

师傅走了。啤酒花主动承担养活师母和他五岁儿子的责任。三十岁那年，大他十岁的师母成了他妻子。

我和臭臭跑回到啤酒花的酒作坊，掀开鸡窝上的土块一看，钥匙还压在那儿。我们开了门，满满一地的瓶子还剩一半儿。

我问臭臭："真的敢喝吗?"

臭臭使劲咽了咽口水："敢哩，敢哩!"

为防止被人发现，我又把门关上，还找了根木棍顶上门。回过头来，臭臭已弄开了一瓶啤酒仰头对嘴喝开了。

没想到，啤酒那么好喝，我们越喝越想喝，不知喝了多少。后来我和臭臭晕晕乎乎倒在地上啥也不知道了。

我被妈妈抱出酒作坊，醒来时已经是半夜了。门口围了一群人。臭臭妈妈把他抱回家后弄不醒他，就又抱他到卫生所，挂了一瓶葡萄糖后才醒过来。

事后才知道，我们两人把啤酒花做啤酒用的几瓶

二十多度的啤酒引子全喝掉了。难怪那么好喝呢！

过了一段时间，臭臭说："我们还去偷喝啤酒吗？"

我摇摇头："可以喝醉人哩！"

臭臭说："咱们这回别喝酒引子就不醉了！"

我和臭臭跑到酒作坊，掀开鸡窝上的土块一看，钥匙没了。没了钥匙，我们就进不了屋里，想喝啤酒也喝不上了。

臭臭灵机一动："我记得上次看到房顶上有个洞，咱们上房顶把啤酒套上来吧！"

我和臭臭沿着墙头的电线杆，费了老大的劲爬到房顶上，一看，果然一张盖着的抬笆子下有一个脸盆大的洞。臭臭找来一根长杆，在头上拴了个铁丝套儿，伸进屋里一下就提出一瓶啤酒来。

我俩乐坏了，又美美地喝起来，不知不觉地又啥也不知道了。

天黑的时候我俩被大人从房顶上抱了下来。我问妈妈："天亮了吗？"

妈妈拍了下我屁股："小酒鬼还没醒哩！"大人们都哈哈大笑起来。

啤酒花结婚不满三个月，老婆坐矿厂手扶拖拉机去镇里的路上，翻车给砸死了。没过多久，他和徒弟在井下挖煤时，又出现了塌顶，又是徒弟一掌把他推了出去。徒弟咽气时嘱托他的唯一一句话是"养大……孩子！"当时，孩子还没出生，为了照顾怀有身孕的徒弟媳妇，他前脚送走师母老婆，后脚又娶回了徒弟媳妇。奇怪的是，孩子出生后，长得不仅不像徒弟，倒越来越像啤酒花了，而真正他和现在老婆生的儿子，却越长越像徒弟了。在扎河坝煤矿，啤酒花被当作"怪人物"，尤其到锡伯渡来前一年他和大儿子（师傅的儿子）下井时，又是顶梁断了，又是大儿子一掌救了他，而大儿子被砸死的地方恰恰是当年师傅遇难的地方。于是，啤酒花命硬、命毒的说法在扎河坝疯传，以致没人敢和他一起下井了。

到了锡伯渡后，媳妇仍是家属，啤酒花就在连领导的默许下做起啤酒来了。

那啤酒到底是怎么做的没人清楚，但确实很受欢迎，喝啤酒的人越来越多了，啤酒花的生意也越来越红火。谁家来了客人，会去啤酒花家买几瓶啤酒。中午干完活回来渴了，偶尔也喝瓶啤酒解乏。啤酒花和老婆人都随和，给钱就收，不给也不说啥。大多数人是给钱的，也有个别实在困难的占了几瓶便宜，也会用别的办法回报他。

暑假的一天中午，啤酒花现在的大儿子王树在连部房头帮他妈卖啤酒。我和臭臭、新新一人拿了一角钱闹着要买啤酒喝。王树看到我和臭臭就不高兴，就是不卖给我们。这时两个牧民来买啤酒，其中一个怎么也拔不出用拖拉机厚外胎削成的瓶塞。王树就把啤酒瓶放在地上用两脚夹住，弯腰正要用双手去拔粗大的瓶塞，突然"砰"的一声，瓶塞腾空冲出，正好击中王树的眉心。王树当时"啊"了一声，摇晃了两下后就好像没什么大碍了，还继续给后面来的几个人卖啤酒。谁知第二天我一起床就听妈妈说，王树昨晚上眼睛和鼻子开始出血，被连夜送到医院，但脑子出血太多，后半夜就走了。

啤酒花老婆哭得很伤心，连里的阿姨几乎都去劝她了。

从医院回来，啤酒花把酒作坊里所有的啤酒都砸了，连空瓶子都砸了。以后，再没有见过啤酒花家卖啤酒了。第二年开春，啤酒花一家又搬回扎河坝煤矿了。

3. 兔见愁

红红的水汪汪的眼睛，长长的耳朵，雪一样白、棉一样柔的毛——我不说你也保准猜出来了——兔子！是的，而且是两只可爱的兔子呢！

这两只兔兔太小了，还没有我的手掌大哩，才刚刚学会吃东西。我给它们取名红红和白白，可是，一会儿就分不清哪只是红红，哪只是白白了。我灵机一动，给红红头上扎个红头绳，给白白头上扎个白头绳，哈，这下可瞒不过我了吧！

"这兔见愁也真是的，这么小的兔子也抓回来，缺德！"爸爸说。

"挺可爱的一对，还一公一母呢。咱小胜这么喜欢，就给他养起来吧。"妈妈说。

我高兴极了。

爸爸用铁丝做了个笼子，笼底铺了木板，把红红和白白放进去。爸爸说，兔子不能放开养，它哪儿都能打洞哩。

其实，这些小兔兔本来是四只。妈妈带我去兔见愁家时，他正在院子里剥兔子。他家晾衣竿上挂着一只挺大的麻灰色的兔子，只见他从兔嘴处用刀划了几下，然后麻利地从头到尾将兔子皮圆筒一样扯下来，被剥光了皮的血淋淋的兔子挂在晾衣竿上了。我吓得捂住眼睛。

进到屋里，看到门旁筐子里有四只白茸茸的东西，啊，是小兔兔！

妈妈说："老刘你这是把兔子连窝端了啊！"

看我非常欢喜地抱着两只小兔兔亲吻它们的脸，兔见愁便说："这两只送你了！"

妈妈问："这野兔养得活吗?"兔见愁说："大兔子养不活，小兔子还不知道生气，养得活哩！"

我把胡萝卜用擦子擦成丝，边喂小兔兔边说："我们把那两只小兔兔抱回来就好了，它们四个就团聚了。"

妈妈说："小胜说得对，一窝更好养！我去给你把那两只要回来吧。"一会儿妈妈回来了，没有抱回那两只兔兔。妈妈说，它们被另一家抱走了。

看着红红和白白，我觉得它们又可爱又可怜。我决心把它们养大！

兔见愁本姓刘，三十岁出头，平时人们喊他老刘。

在锡伯渡的能人里，会捉鱼的叫"大能""二能"，会用弹弓的叫"弹弓王"，会做木工的叫"活鲁班"，会种菜的叫"黄豆芽"，会讲故事的叫"毛啦啦"……唯独会捉兔子的老刘，外号最不好听——"兔见愁"！

妈妈说，兔见愁捉的兔子都可以编成一个兔

团了。

据说，兔见愁捉兔子是有诀窍的，从不让外人知道。有人提了满满十公斤塑料壶装的金山大曲酒去拜师都不行。

锡伯渡虽然野兔子多，人们一般也只能冬天在雪地里套兔子，好的一冬天能套个十只八只的，大多数也就套个三五只。兔见愁可不同，他一年四季都在捉兔子、套兔子、夹兔子、网兔子、钓兔子、用老鹰捉兔子……五花八门的招数都有，不同季节不同天气他都有不同办法。

兔见愁捉兔子只有一个目的：卖钱。

谁家来了客人，谁家有红白喜事，谁家小孩过生日，就会找兔见愁买兔子。兔见愁会问：几只？几时要？带毛还是不带毛的？

你说几时要，他保准到时捉来，一只不少。带毛的是整兔给你，自己剥皮；不带毛的，他弄得干干净净给你。价格也不一样，带毛的五元一只，不带毛的四元一只。20世纪70年代中期，一元钱不是小钱，是十个一角钱，一百个一分钱哩。所以，大多数人买不带毛的兔子，省钱也省力。但是大家都知道，便宜都叫兔见愁占了，他可以把兔皮加工成毛茸茸的围脖，按毛色不同又可卖两三元一条。

现在想来，幸亏那时人们工资不高，连长一个月才五十元出头，幸亏兔见愁一家不吃兔子肉，更幸亏国家不让个人做生意（很多人偷偷地干）。要不，锡伯渡的兔子非绝种了不可。

小兔兔是那么可爱。刚开始它们看见人就躲到笼角缩成一团，只在没人时吃点东西。现在，红红和白白可能把我当成妈妈了，一见我就欢快地摇头摆尾要吃的。它们最爱吃胡萝卜和青菜叶，吃饭时它们张开红红的三瓣嘴，露出两颗白白的大门牙，圆圆的红眼睛看着你滴溜溜转，一低头一抬头，三瓣嘴一开一合的，好像边吃边说："真好吃，真好吃！"

小兔兔成了我最亲密的伙伴，每天放学的第一件事就是喂它们，然后提着笼子到院里让它们晒晒太阳。晚上睡觉，我把它们放在床头，让它们和我一起睡。虽然，每天天不亮它们就尿尿、拉屎蛋蛋，臊味能把我熏醒，可我还是愿意和兔兔一起睡。

有一次妈妈到草地里去割猪草，我提着兔兔跟着去了。到了草地里，红红和白白显得异常兴奋，在笼子跳来跳去，不时用乞求的眼光看我，好像在说："求求你了，求求你了，让我们到草地上玩一会儿吧！"妈妈提醒我："这可是野兔子，放出来就跑了！"可是，看着红红和白白那着急的样儿，不时地用小牙咬铁丝，我还是忍不住打开了笼子。

青青的草儿像铺了一层厚厚的地毯，阵阵微风，把淡淡的草香吹进我鼻孔里，在暖暖的阳光下，草地那么令人惬意。

红红和白白在草地上一会儿围着我跑，一会儿比着跳高，一会儿找嫩草芽吃，疯得把头上扎的红头绳和白头绳都弄没了。不过没关系，我已经一眼就能认出它们了。

看兔兔并没有跑走的意识，我放心了，自己也躺在草地上，看天上的云，一朵一朵的，像一垛垛的棉花，又像牧放在蓝天里的一群群绵羊……哇，有一朵真像我的兔兔耶！我赶紧起身找兔兔，兔兔不见了。

我急得大喊"红红——白白——"，哇，它俩不知从哪又冒出来了，红红吻吻我的手，好像说："别担心，我们不会跑走的！"

至于兔见愁是怎么把红红和白白一家抓回来的我一直没弄清楚，但我亲眼见过一次他捉兔子。

那天下午放学后，爸爸让我把兔见愁女儿丫丫忘在教室的书包送回她家。爸爸是丫丫的班主任老师。兔见愁手里拿了个网兜正要出门。我问："叔叔要去捉兔子吗？"不料兔见愁说："跟叔叔捉兔子去不？"我高兴地跟他到草地里去了。

到了草地里，只见兔见愁用嘴舔了一下手指，在空气中立了一会儿，又用鼻子嗅嗅，然后带我朝一处小土包走去。他绕着土包看了一圈，在一丛芨芨草下发现了一个洞口，把带来的网兜罩在洞口上。坡下不远处又有一个洞口，兔见愁找了捆干草，让我在洞口点起火来。浓烟窜进洞里，不一会儿，土包上下的草丛里好几个地方冒出烟来。兔见愁抱着一捆干草，跑去把几个冒烟的洞都用干草堵上。片刻工夫，兔见愁熄灭火，又把堵住的洞口打开，到下网的洞口一看，两只大兔子正在网兜里跳呢。

兔见愁提起一只兔子的后腿看了一下，放在草地上让它跑了。我问："叔叔干吗放跑它呀？"兔见愁说："留下母兔子下小兔子呀！"我又问："那为什么你上次把小兔兔也抓回去呢？"兔见愁说："那是因为它们的妈妈死了！"我又问："是叔叔打死的吗？"兔见愁说："是被坏狐狸吃掉了。"我知道了，我的两只小兔兔原来是孤儿呀！

那只大公兔在网兜里乱动，兔见愁朝着它的双耳用手猛地一拍，大公兔不动了。就这样，几乎不费什么力气，一个来小时工夫，我们就捉了只大兔子回来了。

原来，团里来的领导在连长家等着吃兔子肉哩。

送完兔子回来，兔见愁在一个小本本上记账，边记边骂："都五十只了还不给钱！噎死他！"

我回家学给爸爸听，爸爸哈哈大笑，对妈妈说："这兔见愁也有不敢要的钱呀！"妈妈说："他哪敢要啊，要了，连长非抓他个投机倒把不可！"

爸爸说："这看来兔见愁也'愁'哩！"

红红和白白长得真快，才一个来月，就长成大兔子了。不知什么时候，两只兔兔红红的眼睛变成黑黑的眼睛了，不过，还是那么水灵灵的。它们身上的毛也变成了麻灰色，标准的野兔本色显现出来了。

兔子很通人性，家里人一回来，它们就一跳一跳地从床底下跑出来要你抱抱它，就用三瓣嘴在你手上嗅来嗅去要吃的。但是有一点不好，它们老是在床下拉屎撒尿，我每天都要钻到床下去打扫它们的屎蛋蛋不说，晚上睡觉尽闻它们的尿臊味儿。

不光如此，它们的野性本质也暴露出来。一天我很晚才把作文作业写完，写得就是《可爱的兔子》。因为太困了，我随手把作业本放在床头上倒头就睡了。谁想第二天早上去上学时发现作业本不见了，到处也找不到，我急哭了。"会不会掉到床下了？"妈妈说。我掀开床单往床下一看，果然在床下，拿出来一看，

被兔兔咬成花边了，再翻开一看，妈呀，偏偏我昨晚写作文的那两张纸叫兔兔给扯下吃掉了，只留下了几行残碎的字迹。

到学校上语文课，老师叫我们念自己写的作文，偏偏第一个就叫了我。

老师问："你的作文题目是什么？"

我说："叫《可爱的兔子》！"

老师说："那一定很有意思，念给大家听听！"

我低下头说："老师，念不了了，我的《可爱的兔子》被兔兔吃掉了。"说完我哭了。

同学们哄堂大笑起来，有的笑得前仰后合。我把兔兔咬的作业本拿给老师看，老师也笑得眼泪流出来了，边笑边说："你的兔子真有学问！"

这还不算，邻家阿姨跑来问妈妈："你们家养什么东西了吗？"妈妈说："有啊！我家小胜养了两只野兔子哩！"

邻家阿姨生气了："刚摘回来的一筐小白菜，一夜就被什么东西弄得满地都是，啃得乱七八糟，墙上还打了一个大洞！"我赶紧掀开床单看，果然，墙上不知啥时有了一个大洞。

妈妈赶紧向邻家阿姨道歉，送走她后回来说："嘿，你说这两只兔子，竟捣乱到邻家去了！不行，要把它们关起来了！"

这天团里来了演出队，呼啦十多个人。连长叫兔见愁去多捉几只兔子回来请演员们吃。兔见愁不知哪来了胆子，说："你把欠的钱还了我就去捉。"

连长一瞪眼："放屁！我啥时候欠你钱了?!"兔见愁就拿出小本本说："都五十只兔子了，你一分钱没给呢！"

连长接过本本细细看了一遍，说："好啊，你个兔见愁，记我的账哩！说，多少钱？"

兔见愁说："二百五十元！"

连长眼睛又一瞪："你抢钱呢，老子一个月才多少钱？二百五十元，老子看你就是个二百五！"

骂归骂，兔见愁就是不给钱不捉兔子，气得连长黑着脸走了。

没过几天，兔见愁正给大李家卖兔子时，被连长带人逮了个正着。紧接着，没收了他所有捉兔子的工具和几十条加工好的兔毛围脖，从他家查抄了一千多元非法所得的巨款。

在兔见愁投机倒把批判会上，五角一元的零钱装了一木箱，一千多元钱的"罪证"把全连人都惊呆了，谁也没想到他有这么多钱！全连人狠狠地把兔见愁批斗了好几遍都还不解恨！

看兔见愁蔫里吧唧的样子，爸爸说："唉，这年头谁有钱谁倒霉，这些人不吃了你也剥了你！"

偏偏是船破又遇顶头浪，兔见愁好不容易中年得子，老婆终于生了个儿子，一看，是个兔兔嘴——三瓣儿。

这下不仅全连了，兔见愁的事很快成了全团人茶余饭后的奇谈。有的说是兔见愁杀兔子太多，老天惩罚他哩。有的说是兔神附体了，没准他儿子要长出兔尾巴哩。有的说，见到他儿子了，不仅兔兔嘴，身上还长着兔毛，屁股后面还长着兔尾巴哩……越传越神，越说越玄乎了！

孩子刚满月，兔见愁就带着老婆孩子回甘肃老家了，再没回来。是我爸找了辆牛车把他们一家送到团部的。那天我也跟着，看兔见愁的儿子白白胖胖非常可爱，我抱了好长一段路哩。我悄悄看他身子，没长毛呀；悄悄摸他屁股，没尾巴呀！就是上嘴唇从鼻子下面分开了，成了三瓣嘴儿。

兔见愁走了，他送我的兔子越长越大了，越来越野了。妈妈刚把它们打通左边邻家墙上的洞堵上，右边邻家的又被打通了。妈妈用红砖在院里垒了个方方的没有门、没有顶的小屋，屋顶用草帘盖着。没几天，它们从地下打洞钻了出来，把院子里的鸡追得飞上了屋顶。

爸爸想了一招，在院子里挖了二米长、一米宽、一米深的坑，把兔兔放在坑里养。这招真管用，虽然它们在坑壁上打了好几个洞，兔兔再也跑不出来闹事了。

已经好几天没见红红了，每次喂草都是白白出来吃，还往洞里拖进去好多草。

我很担心，问妈妈："红红是不是得病了？"

妈妈下到坑里看了好一会儿，高兴地说："红红生小兔兔了！"一个月后，四只小兔兔出来吃食了。它们白白的，毛茸茸的，特别是那红红的水灵灵的眼睛，跟它们爸爸妈妈小时候一模一样，真是可爱极了。

一天，妈妈找来一个竹背篓，把两只大兔兔和四只小兔兔全放进背篓里。我问妈妈："我们是带它们出去玩吗？"

妈妈说："咱们家要搬到团部去了。咱们送兔兔们回家吧！"

我说："这儿不是兔兔们的家吗？"

妈妈说："它们的老家在草地里呀！咱们送它们回老家去。"

我实在舍不得送兔兔们走，扯着竹篓不让妈妈背。我说："妈妈，我们把它们带到团部养好不？"

妈妈说:"带到团部它们就会被别人吃掉了!"

我跟着妈妈到草地里,把兔兔们全部放到草地上。小兔兔们还要往篓子里钻,妈妈就用一根小棍把它们全赶跑了,一直跑进草丛里不见了。

我垂头丧气地跟着妈妈往回走。突然,听见背后草丛里"吱——吱——"几声尖叫,回头一看,一只老鹰从草地里腾空而起,尖利的双爪下死死抓住一只麻灰色的大兔子,朝远方飞去……

4. 老金贵

老金贵是个极其神秘的人物。在锡伯渡,一直到他老人家去世,也没人弄清他的底细。可以肯定,他的老婆孩子也不知道他真正的底细,否则就不会有他去世后两个儿子的葬俗之争了。

人们对老金贵的情况大致的了解是:汉族人,可能是老新疆人,祖籍不是甘肃就是青海,干一手木工好活,精通汉语和哈萨克语。1959年183团在锡伯渡刚组建时,老金贵一家就在这里。老金贵之所以神秘,一是他老婆是哈萨克族人;二是他长得非常富态,像个法师或方丈至少是个住持,尤其是他圆圆的光光的脑袋上,一道深深的斧头砍下的深沟让人心底打战;

三是他慈眉善目的笑脸上时时透着威严，让人既感亲切又顿然敬畏；再有就是他从不与任何人走动来往，也很少说话，我印象中没听到他讲过几句话，这就让他显得更加与众不同。

老金贵有两个儿子，大儿子一米九几的个子加上宽大的骨架子，立在那儿就像座小山。大儿子长得像妈，身材、脸盘、眉眼长得都像，尤其是他那高高的尖鼻子透着哈萨克族汉子的英俊。大儿子名叫莫合买提，人虽然高大威猛，性格却柔弱得像个女人，我们喊他"莫合叔叔"，大人喊他"莫合"。在街上碰到他，我们经常从后面往他背上爬，有时爬上去跪在他肩上，抱住他脑袋"骑大马"，他从不恼火。莫合找的老婆是汉族人，很漂亮很瘦弱的女子，好像小莫合几岁。夫妻俩非常恩爱，育有两个儿子和三个女儿。只是在我上五年级那年，大概只有三十几岁的莫合老婆就去世了。从此莫合一直未娶。莫合似乎总是穿蓝色或军绿色的四个口袋的中山装，汉话说得好，在他户口簿民族一栏里填写的是"汉族"，他的子女们也是"汉族"。

老金贵的小儿子具体叫什么没几个人清楚，据说小时候叫金什么，汉族名字，后来上初中后，他自己又改为哈萨克族名字，并从汉语学校转到哈萨克语学

校学习。印象中我只见过他一次面，他的模样和身材都像老金贵，只是皮肤较白，戴着眼镜，一个标准的有学问的汉人。如果不是他穿一身哈萨克族服装，讲一口流利的哈萨克语，没有人相信他是哈萨克族。小儿子是老金贵家最有地位的人。因为他在县政府机关里给县长当翻译，也算是个不大不小的官吧。在锡伯渡他的职位是最高的。但是，小儿子很少回锡伯渡，从我懂事到老金贵去世的七年中，只在一帮人筹办老金贵葬礼时见过他一面。

　　说实话，关于老金贵，虽然在我儿时的记忆中印象深刻，却似乎又很陌生，多次提起笔都不知道写他些什么。倒是一提起他的老伴莫合奶奶，记忆便生动起来。

　　大人们叫老金贵的老伴"莫合妈妈"，我们小孩管她叫"莫合奶奶"，至于她叫什么名字，似乎没人知道，也没人去关心。莫合奶奶汉语说得很不好，似乎只会"菜""面粉""馍馍""吃嘛""喝茶嘛"等几句常用话，以及那句她每次说话前必说但谁也不知道啥意思的"莫浪"。她大舌头发音不准，若不是长期相处，没人能听懂她说的话。莫合奶奶每天就是做挤奶、烧菜、洗衣、放牛等家务活。活虽然不多但每天都见她忙忙碌碌，可再忙她都要中午一次、傍晚一次把锡伯渡的几十户人家串上一遍门子，每家一两分钟，一家都不会漏下，即便这家人全部出远门了，她也会去门口站一下。从早到晚，不论走到哪里，莫合奶奶嘴里不停地说着那句"莫浪、莫浪"。有一次莫合奶奶干活时不小心弄破了手指头，流了不少血，她用茶碗端着流出的小半碗血，竖着受伤的指头，流着眼泪嘴里说着"莫浪、莫浪"，一家家给人看，末了回到家里把自己流的小半碗血一口喝下……

据说，一直到莫合奶奶去世后，锡伯渡才终于有人恍然大悟：莫合奶奶念叨了一生的"莫浪"原来是她的名字，她用一生都在反复告诉别人自己的名字，却从来没有人喊她的名字。

这就是神秘的老金贵爷爷一家。

可是说到老金贵，只有几件事还萦绕在我的脑海里：

妈妈很喜欢和莫合老婆聊天，没事时爱到老金贵家找莫合老婆边纳鞋底边聊天。一次妈妈带我去老金贵家，趁老金贵进屋喝水的空儿，我好奇地拿起他在门口正在刨板子的刨子，学他的样子刨板子，不料老金贵大吼一声，拿起个棍子就往我屁股上打，疼得我哇哇大哭着跑回家去，再不敢去他家了。

有一年夏天，我们几个小伙伴远远地看见老金贵家门前的芦苇笆子上晾晒了满满一笆子奶疙瘩，馋得我们直咽口水，可谁也不敢到跟前去。我提议，用手心手背选出一个人去偷老金贵的奶疙瘩，不料一伸手别人都是手背只有我一个人是手心。没办法我只有硬着头皮去偷奶疙瘩了。

当我小心翼翼快爬到奶疙瘩跟前时，一只大手把我从腰上提了起来，提进老金贵家里后一下子扔到炕上。我早吓傻了，趴在炕上浑身直哆嗦。老金贵又把我提起来坐好，把一个大奶疙瘩塞进我手里。我哪敢吃呀，扔了奶疙瘩就往门外跑，一口气跑回家后才发现，裤子早尿湿了。

黑山头下的额尔齐斯河离锡伯渡五六公里远，我和爸爸以前经常去那里钓鱼。有两次清明节，我们都遇到老金贵。他穿着一身军装一样的衣服，在一个石头堆起的坟墓边烧纸，然后就是面对坟墓一直坐到中午才回家。据说老金贵其实是个国民党军官，后被悍匪吾斯曼追杀，他和年轻漂亮的汉族妻子骑马逃到黑山头时，面对追来的悍匪，双双纵马跳下山崖……大难不死的老金贵被一个放牛的哈萨克族姑娘救起并藏在家里。老金贵就再也没有离开过这个哈萨克族姑娘的家。这个故事不知是否真实，但我宁愿相信它是真实的……

老金贵去世那年应该有六十多岁了，他好像一夜之间就走了，前面没有一点征兆，也没有留下一句遗言。老大莫合买提坚持用汉族习俗安葬老爹，老二却坚持用哈萨克族信仰的伊斯兰教习俗安葬。兄弟俩僵持了三天老人都下不了葬，没有办法，老二回县上请来了哈萨克族县长，老大跑兵团叫来了一个团长，县长和团长还是意见不一致。连队指导员建议，让莫合妈妈定吧。大家说好，兄弟俩也同意。一辈子没说清话的莫合妈妈清清楚楚地说了句"他是汉人"！

　　其实，连队在老金贵去世的第二天就为他做好了棺材，并派人在汉族人的坟地上挖好了墓坑。令人惊奇的是，老金贵下葬那天莫合妈妈把送葬的队伍一直引到了五六公里外的黑山头下的那个石头堆成的坟墓旁，旁边整整齐齐地挖了一个墓坑！大家这才明白了前几天两个儿子找翻了天却一直没见莫合妈妈的原因！

　　锡伯渡的人突然发现，莫合妈妈心里什么都清楚啊！

　　老金贵走了，几年后莫合妈妈也走了。老金贵的大儿子一直生活在锡伯渡……

5. 弹弓王

锡伯渡地方不大能人却不少，弹弓王就算一个。

尽管大人们说他是不务正业的"二流子"，可在我们一帮小调皮蛋眼里，他可是神人，对他崇拜得不得了。弹弓王到底姓啥叫啥我们也不知道，大人们当面叫他小胖，背地叫他"二流子"，孩子们都叫他弹弓王。

弹弓王是连里的单干户，一个人住连队最东头的一间房里。他身高一米六左右，白白胖胖的，很可爱，一点不像大人，倒像高年级同学。

不知为什么，弹弓王老是找不上对象。大人们说谁嫁给他保准饿死。其实不然，在我们小朋友眼里，弹弓王天天好吃好喝，本事大着哩。蛋蛋就曾回家闹着让他姐姐去和弹弓王睡觉，因为弹弓王说了，下次蛋蛋还想吃羊肉，就叫她姐姐来和他睡觉，他保证让蛋蛋天天有羊肉吃。蛋蛋肯定不能天天吃羊肉了，因为不仅他姐骂了他，他爸还狠狠揍了他，吓得他再也不敢来和弹弓王玩了。

不过，弹弓王有时说话不算数。他让我回家偷一只鸡，让牛牛回家给他偷一缸子大米。我们都偷来了。

他把鸡和大米一块煮了吃了，也没把答应给我和牛牛的弹弓给我们，只各给了我和牛牛一只鸡爪子。

第二次他又让我回家偷鸡，我学聪明了，偷了一只最小的鸡。结果，他还是没兑现承诺，只给我了一只更小的鸡爪子。

第三次他让我去偷牛牛家的鸡，我不敢，就又回家去偷鸡，被妈妈逮了个正着，屁股吃了一顿板子。我挨了打，弹弓王还说我笨，说我们家五只鸡已经偷了两只了，再偷肯定会被发现，所以我挨打是活该！

巧的是，牛牛回家去偷大米，一看只剩小半盆了，就连盆子一块偷了。他端着盆子走到半路，让他妈给逮回去揍了一顿。弹弓王说牛牛也活该！哪有偷米连盆子一块偷的！

虽然有说话不算数的毛病，我们还是对弹弓王佩服得五体投地，因为他太神了！

首先，弹弓王的弹弓就与众不同。那弹弓很大，是用自行车上支后座架的铁管焊成的，那皮筋是一种弹性很好的软塑料管子，包弹皮是一块真牛皮。关键他用的弹更特别，是把铅熬化铸成的铅弹，有玻璃球大。

弹弓王是当之无愧的"神枪手"。树上的麻雀，哪怕躲在树尖上，他瞄也不瞄，一抬手就打下来了。一只乌鸦从他门前飞过，他一抬手，乌鸦就栽下来了。他让我们十几个小朋友每人回家偷来一个白瓷盘子，向天空扔一个他抬手打碎一个，弹无虚发。

神奇的是他打野兔子。他能闻到兔子味儿，找到兔子窝，然后躲在十几米外的树杈上。兔子吃饱了回来，一跳一跳地到窝跟前，本能地要立起身子四周环顾，就在看到弹弓王的刹那，他一弹射出，正中兔子眉心，立即毙命。

更神的是他抓鱼不用钩钓、不用网挂，而是用弹弓射。他经常像佛一样坐在停靠在岸边渡船的船头上，一动不动地盯着水面，鱼儿一翻浪花，他"嗖——"的一弹，鱼就翻起白肚了。可惜，弹弓王不会游泳，还怕水，经常是射了很多鱼却捞不了几条鱼。

有一次在小海子，有两条十多公斤重的大鲤鱼浮出水面，恰巧让弹弓王看见，他一弓射出两弹，两条鱼竟连尾巴也不动一下，当即翻起白肚了。

弹弓王说我爸是老师，他对知识分子特别尊重，送了一条给我家。我爸一看，鱼头正中一个圆圆的洞，从里面掏出一个圆圆的铅弹。我爸说弹弓王有本事哩！我第一次听我爸夸弹弓王，高兴地跑去告诉他。弹弓王特高兴，非让我把我爸夸他的原话说给他听，我学着我爸的腔调："这'二流子'还真有些歪门邪道的

本事哩！"弹弓王一下止住笑脸，不高兴地说："你爸真是墨水喝多了，夸人还捎带着骂人，以后再不送他鱼吃了！"我又回家告诉我妈，我妈捏捏我的嘴："真该把这两片小嘴缝上！"

弹弓王又说话不算数了，他不仅又给我们家送了鱼，还送了野兔子、野鸭子什么的，冬天还送了一只小山羚哩。他经常找我爸帮他学习，有一阵子我爸还让他住在他办公室里。我爸说，这家伙真的很聪明哩，大学他没准考得上。好像从吃野鸭子开始，我爸不叫弹弓王"二流子"了。

那年发生的两件事，让弹弓王的大学梦破灭了。一件是，他看上了红红姐，想让红红姐给他当老婆。红红姐不干。一天他看红红姐在院子里晾衣服，外面挂的是外衣，里面挂的是内衣。弹弓王等红红姐回屋去后，一弹一弹把衣服都打下来，只留了红红姐的红裤头在迎风飘扬。他还给红红姐起了个外号"红裤头"。

红红姐是谁？是臭臭的姐姐，指导员的闺女。红红姐长得漂亮极了，像天上的仙女下凡来的，全连大人小孩都喜欢她。这还不算，他让臭臭回家把一个炮仗拴在他姐姐最好的"朋友"兔兔猫的尾巴上，把猫尾巴给炸飞了。红红姐抱着秃尾巴猫哭了好几天哩。

弹弓王惹火了红红姐的爸爸——指导员，大学报名时就是不给弹弓王盖红章子。弹弓王托我爸去求情也不行。我爸说可惜了这脑瓜子了。

第二年又要高考时，弹弓王又出事了。肥牛他爸和丁寡妇搞破鞋，让肥牛他妈抓住告了，连里就开了肥牛他爸和丁寡妇的批斗会。

弹弓王很生气，他骂肥牛爸："自己有老婆还搞别的女人，真是饱汉子不知饿汉子饥！"

他拿来一张报纸大小的白纸，画了一个大大的圆，在圆圈中间点了一个圆圆的点。

他问肥牛："你喜不喜欢丁寡妇和你爸搞破鞋？"

肥牛说："不喜欢！"

弹弓王说："你把这张纸拿回去贴到大门上，丁寡妇就不敢和你爸搞破鞋了。"

肥牛高兴地回到家就贴到大门上了。

中午肥牛他爸回来，看家门口围了一圈人，再看门上贴的画，操起一把铁锹就冲弹弓王去了。

幸亏弹弓王跑得快，肥牛他爸的铁锹没拍到他头上，却铲到了他腿上。

一个多月后弹弓王从团部医院回来，高考已经过了，他走路也一瘸一拐的了。

肥牛他爸更惨，被公安局的人抓去后就没见回来。

有的说肥牛他爸早被打死了，有的说肥牛他爸在福海劳改农场哩。

不考大学了，弹弓王又耍起了绝活。

锡伯渡是哈萨克族牧民赶羊群春天进山秋天下山的渡口，每年春、秋两季有一群群的牛羊从这里路过。每到这时，弹弓王就带上我们五六个力气大的调皮蛋，跑到路边的芨芨草下面，挖一个水桶一样一米多深的圆洞。看羊过来他赶紧爬到树上躲起来。当羊群快走到洞那时，我们就拿石头往羊群里嘻嘻哈哈地一顿乱扔，羊就乱跑起来，等骑马的牧民把羊又赶到一起，我们早躲到芨芨草里了。羊群过后，我们往挖的洞里一看，一只羊头朝下栽进洞里一动不动。弹弓王把洞口盖上草，回家睡大觉去了。到了晚上，他用自行车把羊驮回去。弹弓王不贪，他一次只逮一只羊，而且不吃完一只不去挖洞，每次挖的洞他都会填好。每年一到羊群上山下山的时候，弹弓王的屋里经常飘着羊肉香味。当然，我们小伙伴们也可以得到一两根骨头啃。有次我从家偷了小半袋子大米给他，他还给我吃了满满一碗肉呢。

有年春天，弹弓王去团部，我妈给他十元钱让他帮买毛线回来。第二天弹弓王回来，我妈去要毛线，他说没买。我妈说那没买就把钱还了吧。弹弓王说还不了。我妈说那咋不还了哩？弹弓王说昨晚买酒喝了。我妈气得说了句"喝死你！"只好回去了。

我妈走后，弹弓王叫我把小伙伴们都叫来，他一人发了一个长棍棍，棍子上钉满了尖钉子。他带我们到红柳林，那里有一大群骆驼。他让我们用棍子去拉骆驼身上的毛。那骆驼正是褪毛时候，我们拿满是铁钉的棍棍往它身上一划，一大团毛就粘到棍棍上了。我们兴高采烈地把骆驼追得满林子跑，一会儿工夫就弄了一口袋毛。

弹弓王把袋子扔给我："去，给你妈送回去吧。"

我高兴地抱着一口袋骆驼毛跑回家，妈妈直笑得眼泪出来了。那年冬天，我就穿着妈妈织的骆驼毛毛衣，可暖和了。

我们也不总是听弹弓王的话，有时也整他。

一次他要煮面条吃，让我和肥牛去渠道打水。我和肥牛抬了小半桶水在回来的路上，肥牛突然哭了。我问肥牛咋了？肥牛说想爸爸了。我就坐下来陪着肥牛一起哭。哭完了，肥牛说："我妈说全是弹弓王害得我爸没了！"我说："那咱们咋办？"我灵机一动，"咱们把尿尿到桶里吧！"正好我俩憋了满满两泡尿，全撒到桶里了。

我们把桶抬回去，弹弓王提起就倒了半锅。他下了半锅杂菜煮面条，给我和肥牛也每人盛了一碗。

我和肥牛端着碗你看看我，我看看你，不敢吃。但看着弹弓王稀里哈啦地吃得那个香劲儿，我们也忍不住稀里哈啦吃起来。

吃完面出来，我咂咂嘴，问肥牛："啥味哩？"肥牛也咂咂嘴："尿味哩！"我说："那是咱俩谁的尿味哩？"肥牛又咂咂嘴回味了一会儿："我妈说我的尿咸得很，这是臊味儿，是你的尿味哩！"

吃尿面的事还是让弹弓王知道了，他本来要把我俩的"鸡鸡"全割掉，后来又改成各打十下屁股。

弹弓王虽然腿瘸了，可还是找上老婆了。有天天刚黑时，他在从团部回来的路上，发现一只大狼正悄悄跟着前面走路的一个女人。他警觉地跟在后面。突然大狼跑到女人身后立起身，两条前腿搭到女人双肩上，那女人一回头，狼冲着她脖子就要咬下去的刹那间，弹弓王一弹射中大狼后脑勺，狼倒下毙命了。那女的就跟弹弓王回来了，成了他老婆。

弹弓王的老婆高他一头，大他五六岁，是十几公里外牧业村的，头年刚死了丈夫。后来她又领回个两三岁的女儿。大人说，弹弓王命好哩，不仅一弹打下了个老婆，还不费劲就当上爸爸了。

弹弓王成家后，就不怎么和我们玩了。

一天下午放学后，我们一帮二三十个小朋友在路上玩跳大绳，忽见两匹马拉着一辆大车狂奔而来，后面一个人拼命追喊着。小朋友们全吓傻了，都呆呆地愣着。

突然弹弓王冲到路中间，抬手朝惊马射出两弹，正中两匹马的脑心。

在离我们仅两三米的地方两匹马栽倒了，弹弓王也压在装了半车石头的车轮下……

开追悼会那天，大人们都哭了。

从那以后，大人们也称他"弹弓王"了！

6. 五子女

五子女姓啥名啥几乎没人知道。她本人也只知道自己是家里的第五个女儿，从小父母和四个姐姐就叫她"五子女"。在锡伯渡，五子女是个很小的人物，却是个大人小孩无人不晓的人物，原因一是她傻，二是她胖，三是她"神"，四是她特能生。据说她腿一叉开孩子就生出来了，从大毛到七毛再加花花她一共生了八个孩子。

其实，五子女并不傻，叫我们说，她是大智若愚。小时候，五子女家房子和我们学校在同一排，从春到秋，我每天一下课都能看见她坐在屋前傻傻地看着家门，生怕有人去她家偷东西，就是一只猫也别想逃过她的眼睛。其实，她家穷得叮当响，除了几床破棉被和一个"吱呀"响的小饭桌几乎没别的东西。

那时老大八岁老二七岁，老小花花才半岁，已是八个孩子母亲的五子女只有二十七八岁，大她二十岁的男人每天出门只安排她一件事：把家看好，丢了东西回来打断腿！所以五子女看家比狗都眼尖。小时候，我们经常逗她玩，趁她不注意悄悄闪进她家里。她就像脑袋后面长了眼睛，杀猪似的大叫"偷东西了——"。

不知是真的怕家里那几床破棉被被偷还是怕被男人打断腿，五子女宁可丢孩子也不丢东西。有一次老二丢了，全连人找了一天一夜，她坚守在家门口不挪窝，孩子找得到找不到她不关心，只要家里不丢东西就行。结果，虽然孩子找到了东西也没丢，男人从山里回来后还是用扫把头把她打得满街乱滚鼻青脸肿。

后来有人从五子女大儿子大毛那得知，她家的缸里藏了半袋子白面粉，全家的口粮苞谷面和高粱米也藏在那口缸里。我在五子女家见过那口缸，很大，能藏两个小孩。可是，别人家的缸是不上锁的，而她们家的缸上有一个厚厚的圆木板盖子，缸沿上包了三圈粗铁丝，木板和铁丝间有三把大锁把缸死死锁住了。

半袋子白面粉在那时可真是让人眼馋，那时作为双职工家庭的我们家生活条件还算好的，也只在过年时见到一锅白面馍馍，平时都是吃苞谷面发糕喝高粱米粥，天天肚子胀得难受。我十岁生日那天，妈妈也只下了一碗面条给我吃。五子女家是全连最困难的，经常吃了上顿没下顿，竟存了半袋子白面粉！难怪五子女死看住家门！

五子女家大人小孩十口人只有丈夫一个正式职工，生活可想而知。偏偏五子女特别能吃，一顿能喝十大碗苞谷面洋芋糊糊，那点定量供应粮还不够她家一周吃的。每月她家都要吃连里十公斤救济粮。不少好心人也多少接济她家点。就这，她家每天用菜叶、洋芋、南瓜什么的掺点高粱米、苞谷面熬粥才勉强过活。

就这样一个穷家里竟藏着半袋子白面粉，连里几乎没人相信。有人故意问五子女："借一碗白面行不？"五子女把头摇得拨浪鼓似的发誓说："没有白面，没有白面，骗你是小狗！"那人又故意问："用十斤苞谷面换一斤白面行不？"五子女眨巴着眼睛掰着指头算了好一阵后，才无奈地说："钥匙在老东西腰上哩！"

消息传开后，有人开始不满了。另一家有七个女娃的困难户向连部提意见，要求每月救济粮从八公斤提到和五子女家一样的十公斤。连长把五子女丈夫叫来问话，原来前一年夏天他到下游河里捉鱼时救起了一个落水的哈萨克族小孩，小孩的父母感激得要到连里送感谢信，五子女丈夫说不要感谢信给点粮食吧。小孩父亲就抓了一只羊送给他了。

五子女丈夫不敢把羊牵回家，就牵到团部换了二十斤白面和两袋子高粱米。高粱米早吃完了，二十斤白面一直舍不得吃，又怕五子女在家偷吃了，就一直锁在缸里。连长和指导员一合计，这是见义勇为舍己救人的典型材料啊，就叫五子女丈夫把经过写下来，又让文教加工整理后报团里去了，只字未提羊的事。

连长对五子女丈夫说，按规定本来要奖他五十元钱的，但他问人家要羊了，那只羊就算奖励他的吧。五子女丈夫回家一算账，五十元钱能买三袋白面，三袋白面能换六袋苞谷面，六袋苞谷面能换十袋高粱米，全家人后悔得哭了一夜。最后五子女家那二十斤白面也没能存下，连里用四十斤高粱米换去接待领导了。

五子女和她丈夫的体型简直不成比例。五子女一米七，肥头大耳二百多斤重，胳膊比别人大腿都粗，肚子像小牛犊的一样大。也许因为太胖，她走上几十步就要休息一会儿，按她丈夫的话说，除了能生娃娃啥也干不成，却跟猪一样能吃。其实五子女也吃不上

啥，顿顿稀汤菜粥也只让吃四碗。丈夫常骂她喝凉水都长膘。

五子女的丈夫个子矮她半头，胳膊像麻秆一样，体重最多有她一半，四十岁时才回江苏老家用一百元钱彩礼把她娶了回来。五子女刚来时没那么胖，也能干点活，后来每年不停地生孩子，越生越胖了。连里人说她丈夫是老牛吃嫩草一刻闲不下，说五子女是天生的生育机器，一对乳房真的比奶牛的大哩。

连里不少人劝五子女丈夫再别生了，再生就要全家讨饭了。丈夫要拉她去团部医院做结扎手术，五子女一头撞墙上死也不去。丈夫没办法只有不和她睡觉，她就每天跑到连部门口坐地上大哭说男人不要她了。最传奇的是光棍汉杆杆一天夜里趁五子女男人不在爬上她的床，被五子女一屁股坐在身下差点压死了。

五子女虽然特胖，皮肤却特好，白得像嫩豆腐，大圆盘子脸与她身体一配倒也显出点姿色，也就有人打她的主意。连里私下议论说司务长几次想占她便宜都没办成，倒赔了几十斤苞谷面。杆杆从采石工地食堂偷了四个白面馍馍想讨好五子女，五子女吃了馍馍后死活也不让杆杆占便宜。

五子女几乎每天想着的就是吃。她丈夫越怕她多吃，她越变着法儿吃。有一次她丈夫刚打回来一袋苞谷面忘锁缸里了，丈夫前脚出门，她马上就往那口一米大的铁锅里倒了半袋，煮了满满一大锅稠得能捏成团的半生不熟的苞谷面糊糊，竟自己一个人从早上吃到晚上给吃完了，而七个孩子饿得哇哇大哭。

丈夫晚上回家把五子女捆到柴堆旁的歪脖子树上一天一夜，要不是指导员去解救，五子女那次差点丢了命。不过，连里不少大人对五子女没有好感，因为她经常哄小孩回家给她偷东西吃，为此经常有家长找她丈夫告状，甚至有阿姨抽她耳光，但只要有吃的，五子女全不在乎，她有办法让小孩子甘愿为她去偷。

我第一次听"大船和大海"的故事就是五子女讲的。她说十岁时父亲嫌她能吃，把她骗到大海边的一艘很大的船上，轮船在海上漂了几天几夜后，船长嫌她太能吃，把她扔进海里了。她因为胖，沉不到海底，漂了一天后被海军叔叔救起。海军叔叔发现她太能吃，又把她送上岸交给政府，政府也嫌她太能吃又把她送回家了。

这个故事蛮长的，我偷了家里四个苞谷面发糕给她吃才听她讲完的。还有一次她讲"七仙女"的故事，小朋友臭臭把他家的盛馍筐都提来了，她吃一口讲几句，一直到把一筐子苞谷面馍吃完故事才讲完。我记得五子女说她是七仙女中的一个仙女，因偷吃了什么果子被玉皇大帝贬到人间来了。

我们都觉得五子女其实精得很，谁要是想听故事，那必须要拿吃的东西来，东西好了故事就好听，东西不好故事也不好听，所以我们经常想法给她偷好吃的。谢党有次从他爸爸管的库房里偷了半缸子生清油，五子女几口就喝了个底朝天，只是故事还没讲完呢，她就蹲在茅房不出来了，弄得谢党白偷了油。

有一次，五子女丈夫从山里捡回来一只被狼啃了一半的羊头，全家人高兴得像过年一样。她丈夫把羊头上的毛用火烧后拿刀刮净，劈成四块，添一锅水煮羊头，待煮出油花肉香味后，把羊头肉捞出，再放一锅南瓜煮，全家人美美地吃了顿羊汤南瓜粥。五子女丈夫给馋得直咽口水的我盛了一小碗，那个香啊！

第二天，他们又用羊肉汤煮了一锅洋芋，也特别好吃。第三天，又用肉汤煮了一锅高粱米，更好吃了。一直到第五天了，五子女家还飘着肉香，把我们一帮小伙伴馋得一下课就跑五子女家去闻肉香味儿！五子女指指小房里那口大铁锅，木头锅盖上压了一个很重的磨盘。那羊肉香味正从那锅里飘出来。

我用细棍子从锅盖缝插进锅里，钩出了几缕肉丝儿，吧嗒吧嗒嘴巴，把五子女馋得恨不得把嘴巴伸进锅里。在我们几个小朋友帮助下，五子女终于把石磨搬开了。我们高兴地一拥而上要抢肉吃，不料五子女一下趴到锅盖上，任凭我们抬头抱腿也弄不下她来。等我们在又一个课间休息跑来时，只剩地上一堆骨头了。

下午放学回家，妈妈把我叫到小房间："你把五子女家的羊头肉吃了？"我说："没有啊，是五子女……"我把经过说了，没想到妈妈说："一会儿就说是你吃了！"我大叫："凭什么？我没吃凭什么说我吃了！"妈妈说："你愿意看到五子女被他男人活活打死？"

妈妈进五子女家对五子女丈夫说："是孩子嘴馋！"

我没吃上羊肉倒染一身膻味，心里很不痛快，第二天跑去对五子女说："你得赔我一个故事，要玉皇大帝的！"五子女努努嘴说："玉皇大帝能听见的，他会不让我回天宫的！"我不干，说要告诉她丈夫去。五子女眯眼晃头神道了一会儿，神秘地对着我耳朵说："告诉你个秘密，要发大水要死人了。"我吓了一跳！

我赶紧跑回去给小朋友们说了，小朋友们都吓了一跳，一个个又跑回家给大人说了。当天下午指导员去训五子女："再造谣言把你关起来！"那天半夜，连里钟声大作，所有大人都往防洪堤坝上赶，你吼我叫乱作一团。原来，额尔齐斯河突发三十年不遇的大洪水，马上就要淹过大坝，全连人都紧急堵坝去了。

那次洪水来势凶猛，整个锡伯渡口一片汪洋。几次洪水差点冲开大坝。全连男女老少以及牛呀、马呀的都上坝抗洪了。我们所有学生和老弱病残者都被集中到连队南边的防洪二堤后面的抢险帐篷里。唯独五子女没有来，去了几拨人也弄不来她。五子女死不离开家，神经病一样嘴里不停地嘟囔着什么。

第三天的中午，在大坝上抗洪的我们家隔壁的隔壁的丁叔，转眼被洪水卷走了。说来也巧，丁叔淹死的当天下午，洪水开始退下了，到了晚上已基本退却了。连里组织人沿河两岸寻找打捞了好几天，也没找到丁叔的尸体，真正活不见人死不见尸了。丁叔的老婆丁姨突然恍然大悟，跑去揪住五子女就打。

是五子女咒死了丁叔？连里人议论纷纷。有人突然说："这发洪水淹死人怎么都被五子女说准了?! 难道她真是仙女下凡？"话一传出，众人愕然。人们开始用一种怀疑加惊奇的眼光审视五子女，越来越多地发现她有超人之处。

首先，她的皮肤之嫩之白之润，不是常人所有的，那一头长发也异常黑亮。其次是她的胖也与众不同，虽然特胖，但各处比例都恰到好处，该大的大该小的小，仔细看还挺匀称哩。有人认真分析五子女有五大：

脑袋大、嘴巴大、奶子大、屁股大，还有就是脚大。仔细端详她的脸盘，眼睛虽小却是丹凤眼，嘴巴虽大却是菩萨嘴，鼻子尤其肥厚，肥脸蛋子上还透着俊气哩！再有，五子女不是一般的能吃。她好像从来就不见饱过，把一锅饭让她一个人吃了她还是叫饿。此外，就是每天给她喝凉水也不见她瘦下来。

有人开始琢磨她的话，怀疑她是不是真的不是凡人。五子女说因为她在天界偷吃了东西，玉皇大帝把她贬下来让她永远吃不饱、天天挨饿，从生下来就老饿着。

凤求凰的老婆陈小妹悄悄去找五子女算命，五子女神道了半天她一句没听懂。陈小妹拿笔和纸让她画出来，结果画了满满一纸的符号，像天书一样，没一个人看得懂。凤求凰从画家的角度研究了五子女的"天书"，结论是他们家要有荣华富贵了，高兴得陈小妹去借了两斤白面答谢五子女。

果不其然，一向穷酸邋遢的凤求凰突然被下游的牧业队接走画宣传画去了，一个月后竟穿着大头鞋和黄呢大衣回来了，人们无不惊讶羡慕！这下，五子女显得更神了，常有人偷偷找五子女算命，然后拿了"天书"找凤求凰破解。谢司务长把这事告发了，连里就把宣扬迷信的五子女和凤求凰一起揪来开批斗会。

因为五子女的原因，批斗会差点开成了联欢会。五子女第一次上台，看台下有这么多人看她，乐了，竟然从口袋里摸出个破梳子，故作羞涩地用长头发遮住半边脸，边梳头发边喊："别看我了，别看我了，人家不好意思嘛！"全场人哄堂大笑，有人把眼泪都笑出来了。指导员用板凳腿把桌子敲得咚咚响才静下来。

谢司务长把一个长长的尖帽子戴到她头上，五子女高兴地摇头晃脑把纸尖帽子像炮弹一样甩出几米远。谢司务长义愤填膺地挥拳喊："打倒五子女！"五子女听到喊她，赶紧扭着肥肥的屁股跑到谢司务长跟前挺直腰昂头敬礼大喊一声："到！"她一挺腰，把白白的大肚皮挺给了谢司务长。台下大人小孩笑作一团。

指导员看这样下去没法开会了，就对五子女丈夫吼，叫他赶紧把老婆弄回去。五子女正高兴哩咋拉都不下台，后来干脆一屁股坐在指导员脚下哇哇大哭起来，边哭边喊："我是天仙女下凡——我偷吃了玉皇大帝的人参果——"实在没招了，谢司务长扛来了个破门板，让五子女丈夫和几个壮小伙把她抬回去了。

凤求凰沾了五子女的光，跟着也被指导员撵下去了。批斗会在乱作一团中匆匆结束了。回到家里，我妈说："这五子女今天可冒尽傻气了！"而我爸却说："今天我才发现，五子女是装疯卖傻！这人不一般哩！"

坏事变成了好事，批斗会却让五子女声名远播，一下成了方圆百里的名人了。

而真正让五子女变"神"的是杆杆魔鬼附身和小寡妇怀孕。杆杆从下游牧业队偷了一只鸡，煮熟后自己吃了半只，用剩下的半只把五子女骗到防洪二堤后面的芨芨草丛中。刚扒了五子女的裤子，不料她突然大叫起来："杆杆肚子有魔鬼——杆杆肚子有魔鬼——"把杆杆吓得提着裤子撒腿就跑，一只鞋也跑丢了。

五子女的喊声恰巧让不远处割芨芨草的二能听到了，二能虽然是捉鱼高手，却也是有名的活喇叭，很快，全连人都知道杆杆肚子里有魔鬼了。有人信，但大多数人不信，认为那是五子女吓唬杆杆的鬼话，目的是不让杆杆占便宜。连长带人把杆杆捆了拉到五子女跟前，问是不是杆杆要强奸她，五子女拒不承认。

五子女不承认，连长就先把杆杆押了一夜，让五子女丈夫做她的工作。五子女丈夫用马鞭把她抽得满地打滚杀猪似的号叫。第二天一早几个人又把杆杆五花大绑地押来让五子女指证，五子女还是大喊："冤死人喽——要杀人喽——"气得连长大骂："你这号人就该饿死！"五子女不承认，连长只得放人。

奇就奇在，从那天起，杆杆的肚子竟一天天大起来了，像吹气一样，不到一个月就像怀了五六个月的孩子一样。连队卫生所用尽了办法，又将杆杆送到团部医院住了十几天，杆杆的肚子还是在一天天变大，把肚皮撑得快要裂开了。而这么大的肚子，一不疼二不痒，该吃吃该喝喝，团医院从没见过这种病，也没辙了。

杆杆被转到北屯医院，医生也不知道什么病。正好从兵团医院来了一个专家，一看，二话没说就把杆杆推进手术室，从他肚子里取出了个皮球大的水泡。杆杆肚子虽然正常了，肚皮上却留了道长长的刀口，从此，见到五子女就像老鼠见到猫一样双腿直哆嗦，再也不敢打她的主意了。谢司务长在心里暗自庆幸！

一天中午，几个妇女从菜地干完活扛着锄头路过五子女家门口，五子女看见高兴得手舞足蹈，大喊"小娃娃！小娃娃！"几个妇女都是三十岁左右的人了，听五子女喊小娃娃，前后左右看了一遍没发现有小孩，便不高兴地训五子女："喊谁小娃娃哩？你别没大没小！"不料，五子女竟直指小寡妇的肚子。

小寡妇叫王燕，二十八岁，是几个妇女中最小的，结婚五年没怀上孩子，不想三年前丈夫在采石头时被从山上滚下的石头砸死了。丈夫因公牺牲后，从甘肃嫁来无亲无故的王燕，不要抚恤金，要求连里把她从家属转为兵团正式职工。人人都知道王燕不能生育，也因此没人敢再娶她，人们后来就叫她小寡妇了。

说别人肚子里有小娃娃人们还相信，说人人都知道不能生育的小寡妇肚子里有娃娃那肯定没人相信。几个妇女笑得前仰后合，拉着小寡妇让五子女指："快说快说娃娃在哪儿？"五子女嘿嘿笑着指着小寡妇的肚子嚷："在肚肚里，在肚肚里……"小寡妇羞得满脸通红，上去给了五子女一耳光后捂着脸跑了。

然而，细心的妇女主任马兰英发现，小寡妇的肚子真的在隆起。别看马主任平时咋咋呼呼的，处理起事情来却很有分寸。她先到小寡妇家问寒问暖，最后问小寡妇身体有没有什么不适。小寡妇赶紧说没有没有，好着哩！马主任却看出小寡妇有些紧张和不自然。正是晚饭时间，小寡妇家里飘着浓浓的饭香。

又寒暄了几句，马主任站起来往外走，边走边说："哟，这么香啊，锅里煮什么好吃的啊？"说着掀开外屋冒着气的锅盖，一锅白面条在锅里翻滚。马主任一下什么都明白了，她故意说："赶紧吃饭吧，看面条都快煮成糊糊了！"马主任走后，小寡妇的心紧张得都快蹦出来了，双手捂着肚子在屋里走来走去。

20世纪70年代初，各地粮食都非常紧张，锡伯渡也不例外，不是种不出麦子，是麦子都交国家了，家家户户发下来的定量粮基本都是苞谷面和高粱米，只有大的节日才能分点白面。再有，就是连队控制的采石一线工人食堂的特补面。说特补，也就是每三天工地上午饭时发一个白面馍。不过，不管什么面都是谢司务长管的。

可是，马主任还是不明白：小寡妇和男人五年都没生下个一男半女，咋，这成了寡妇了倒还真有了？第二天，她故意对谢司务长说："你说怪不怪，这小寡妇还真被五子女说准了！你说，这寡妇怀娃，咱连里是不是该好好查一下？"谢司务长当即脸变得煞白，支支吾吾说该查该查！

没过多久，小寡妇突然嫁到牧业队去了。那男的是四十多岁的老光棍，放马的。连里人为小寡妇可惜。别说是放马的老光棍，就是小伙子都算下嫁了。因为那时职工和农民就像城市和农村一样，身份差别大着哩，只听说农村的大姑娘争着往兵团嫁，最好的也就是嫁个老光棍。可小寡妇却下嫁农村老光棍了。

几个月后牧业队传来喜讯：小寡妇生了个八斤重的大胖小子。连里人都热烈地议论着，说这不能生育的小寡妇时来运转了。小光棍杆杆后悔得头直往墙上撞。因为小寡妇托人说媒想嫁给杆杆，杆杆说她是不下蛋的鸡，白给也不要，谁想她不生则已一生竟生了个大胖小子！况且，小寡妇姿色不比陈小妹差哩！

牧业队那边送来了一斤喜糖，连里也由谢司务长和马主任代表连队送去了一袋白面和两斤清油。谢司务长说了，咱是小寡妇的娘家人，又是兵团单位，不能让地方小瞧了！马主任也非常热心，亲自跑了三四趟牧业队，把小寡妇感动得热泪盈眶。关键是，谢司务长不仅不再时不时与马主任过不去了，还处处顺着马主任了。

热闹过后，人们回过味来，小寡妇才嫁去六个月就生了个大胖小子，说明在连里时早有人下种了，五子女说小寡妇肚子里有娃娃准着哩！这时候人们热议的焦点不是那孩子是谁的种，而是五子女为什么会那么神。按时间推算，那时小寡妇顶多刚怀上孩子，五子女是怎么看出来的？

锡伯渡有个"神人"叫五子女的传闻越传越玄乎。一种说五子女会算命，她能预知未来。一种说五子女会看病，你身上长什么东西她一眼就能看出。一种说五子女会下咒，咒谁谁倒霉……甚至有人说五子女能上通天界下达鬼神等等。凡说起五子女，无不有一种神秘感。很多人来锡伯渡，就是为了看一眼五子女。

破天荒的，地方牧业队几个领导走访慰问锡伯渡来了，在连部座谈了一阵后提出要慰问一下贫户困五子女家。指导员马上明白了他们来的真正意图，让谢司务长带他们去。最近老是有人来看她，有人还给她孩子带旧鞋旧衣什么的，五子女很高兴，每天一大早就坐到小房门口的木头上等人来看她，兴奋得很哩。

一行人看到五子女，大失所望，什么"神人"呀？不就是一个半傻子婆娘吗！而五子女却异常兴奋，竟把其中一个二十来岁的姑娘喊阿姨，把人家刚过五十岁的队长喊爷爷，大家都哭笑不得。谢司务长说："这人本来就是个半傻子，让人给传神了，我看是想借五子女搞封建迷信那一套，这种事应该好好批斗才对！"

一听谢司务长这么说，牧业队长把刚要掏出的一块布料又放回包里，让人留下一小袋生玉米粒赶紧走人。走到房头队长给年轻姑娘使了个眼色，姑娘心领神会说去趟厕所，转个弯又到五子女那去了。几天后马主任去看小寡妇回来才知道，那个年轻姑娘是队长的丫头，已经结婚两年还没怀上小孩，找五子女求子来了。

五子女的事传到了团领导耳朵，政委亲自打电话到连里。指导员就把五子女丈夫叫到连部谈话。五子女丈夫不仅身材瘦小干巴，而且胆小如鼠，平时除了敢打老婆和自己娃娃外，见人就点头哈腰。因为没什么能耐，连里就让他在山里采石点上看管炸药，早上进山晚上回来，一听说连里找他谈话早慌神了。

还没等指导员问话，五子女丈夫主动说知道早晚要出事，那些东西他一点没动都锁在缸里哩。指导员问："你老婆真有那么神吗？"五子女丈夫说："神个屁呢，都是凤求凰胡诌的，五子女说啥画得啥她自己都不知道。"指导员说："知道这是搞封建迷信不？"五子女丈夫说："知道！"指导员就叫他回去把找过五子女的人的名字写下来。

谢司务长带人去五子女家查没非法所得，打开那口紧锁的大缸，竟满满的都是宝贝东西：白面、大米、花布、南瓜、羊头、奶酪，甚至还有一包"绿洲"方块砂糖，只可惜羊头臭了、南瓜烂了、白面结板了、大米生虫了、小花布成了大花布了，一帮人干脆连缸一起给抬到连部去了。五子女心疼得坐在门口大哭了一上午。

听说从五子女家查获了一口"百宝缸"，一些好奇的人就到连部来围观，叽叽喳喳好不热闹。连长和指导员围着大缸看了又看，哈哈大笑起来，说这何止是百宝缸啊，简直是天下第一缸。谢司务长统计完东西，还真不少，竟然有十八样，一样样摆了一大会议桌子，把众人看得眼珠子都要掉出来了，个个嘘声不止。

连长笑着说："咱连里的好东西都跑到这缸里了哩！"指导员说："谁说咱连穷了吧唧的，这口缸就能开个杂货店了！"里里外外的人都哈哈大笑。谢司务长很不高兴，挥着账本严肃地说："你们还笑哩，看不出问题有多严重吗？这东西就证明有很多人在搞封建迷信。"

谢司务长这一说把在场所有人都吓住了。马主任胆战心惊地问："这十八样东西就是说有十八个人？"谢司务长说："肯定不止，这只是面上的！"连长也吓坏了，对谢司务长说："老谢你别吓人，咱连里一半的都要被打倒了?!"指导员仿佛如梦初醒，说这事严重了，太严重了，得赶紧上报团里。谢司务长说当务之急是要搞清楚东西是哪些人送的！

围观的人也被吓得纷纷逃也似的离去。谢司务长发现陈小妹也在其中，便出去喊住她。陈小妹早已吓得脸色苍白，听司务长叫自己，腿都哆嗦了。谢司务长本来是要问陈小妹有哪些人去她家里找凤求凰解过五子女的"天书"的，看陈小妹给吓成了这样，便灵机一动改变了主意，故意严肃地说："你们家的问题更严重。"

陈小妹人称锡伯渡的最漂亮媳妇，有上海女子特有的那种娇媚，谢司务长早就对她心痒痒了，正在找机会下手哩。看陈小妹吓得哆嗦样儿，谢司务长立刻意识到机会来了，小声神秘地对陈小妹说："这是要枪毙人的事！不过你不用怕嘛，我会保住你们的。傍晚你到果园子西边的林带等我，我帮你想个招。"

看陈小妹头点得像鸡啄食一样，谢司务长心里阵阵美意。抬头看看天，离太阳落山还有好几个小时，谢司务长便到五子女家找她丈夫谈话。谢司务长走后，五子女就不停地大哭，哭得非常伤心。半夜，五子女跑到街上号啕大哭，把全连人都招来了，人们问她半夜哭啥哩？五子女说老东西要死了，老东西不要她了。

几个人赶紧去找五子女丈夫，她丈夫还在家里蒙头睡觉呢。一帮人把五子女给弄回家去，不一会儿她又跑到街上号哭起来，再弄回去，再跑出来，几个人没招了就和她丈夫把她手脚捆了塞进被窝里，还用毛巾把她的嘴也堵了，这才安静下来。第二天一早，有人发现五子女家柴旁的歪脖子树上吊了个东西，一看，是五子女丈夫上吊死了。

五子女丈夫上吊死后没几天，团里派来了工作组，说是要查清楚都是哪些人在搞封建迷信。五子女丈夫死了，那些人的名单是搞不出来了。工作组组长不死心，召集全连人开会，让大家互相揭发，可是都说不知道，就把五子女弄来让她一个一个指认。五子女披头散发地跑上去抱住谢司务长又抓又咬大喊坏蛋。

眼看工作组查不下去了，组长突然想起传说有个会看所谓"天书"的人，要从这个人身上突破。谢司务长赶紧说他带人查了几次了，凤求凰只是给他老婆陈小妹开了个玩笑，材料都搞出来了，没啥问题。谢司务长虽然保下了凤求凰和陈小妹，但不给工作组一个交代弄不出一个成果是交不了差的。

在谢司务长提议下，工作组召开了全连大人小孩全部参加的肃清有毒思想大会，因为怕把五子女弄来瞎闹腾，人就不来了，把他家那口大缸抬到主席台上当作批斗对象，轰轰烈烈地开了场批斗大会，事情总算过去了。连里人私下里戏称那次大会为"批缸大会"。后来，有人给五子女丈夫悄悄立了个石碑。

有一天，人们突然发现五子女不见了，把连队每个角落都找了也没找到。有人说，她会不会到男人坟上去了？众人说不会，坟地有二十里地哩，五子女怎么也到不了那里去。就在大家议论猜测时，一个哈萨克族牧民骑马来报，发现有个人坐在戈壁上一动不动很久了，不知是死是活。众人跟着哈萨克族牧民往戈壁滩上跑。

一直到二十里外的坟地，人们果然看见五子女端坐在她丈夫墓前。上去一看，人睁着眼，张着嘴，双腿盘坐，双手手心朝上放在腿上，一脸幸福美满安详的样儿。只是，身体早就僵硬了。人们惊讶地发现，五子女竟穿了一身大红衣服，一头长发梳理得如仙女一般，更令人惊讶的是，她头上竟插着一朵野花……

7. 大能和二能

我要说的不是钓鱼，不是用网捕鱼，是用两只手提鱼。

小时候，额尔齐斯河里鱼很多，有几十个品种。在粮食困难时期，我们把鱼当饭吃，所以说，我们是吃鱼长大的，到今天还有一身鱼腥味哩。额尔齐斯河是国际河流，河里有很多在国内其他河流没有的鱼——狗鱼是从北冰洋逆流而来的冷水鱼，体大且凶猛，是吃鱼的鱼；大白鱼（北鲑）是从伏尔加河流域来的鱼，形美肉肥，现在已非常稀有了；虹鳟鱼、大红鱼（哲罗鲑）、小红鱼（细鳞鲑）是从斋桑湖游上来的鱼，现在也是很名贵的鱼……小时候，在额尔齐斯河边，我们吃的可都是"进口"鱼呢，而且是想吃就吃，全部免费哩。

　　额尔齐斯河的鱼不仅养育了我们，还救了过去的锡伯渡人和现在的183团。

　　18世纪中期，锡伯族人西迁途经阿勒泰，当时正值盛夏，额尔齐斯河水暴涨，他们所带的食物已经吃完了，而且人困马乏。正当锡伯族人为无法渡河发愁且饥饿难耐时，一个到河边打水的女子，一桶下去，竟提上小半桶鱼来。大家兴奋不已，纷纷用水桶、脸盆打鱼。锡伯族人靠吃鱼度过了整整一个夏季，又备了许多干鱼作粮食后才继续西迁。

　　1959年，183团筹建队的三十三名兵团战士在河谷肥沃的土地上开垦了大片土地。这一年冬天来得比以往都早，一进入十月连着几场大雪把整个北屯地区盖上了一米多厚的积雪。还未做好过冬准备的三十三个人被困在了锡伯渡，里面的人出不去，外面的人进不来。很快，他们粮食吃完，陷入困境。一天，炊事员到河里拉冰，在一块被风吹净的冰面下，炊事员发现不深的水底卧着一条一米长的肥大的鲶鱼。他赶紧回去取来钢钎，打出一个脸盆大的冰洞，两只手伸下去把大鲶鱼捉了上来，大伙好一顿美餐。第二天，炊事员又去河里拉冰，发现他打的那个冰洞周围有白花花的一大片鱼。炊事员欣喜若狂，叫来所有队员破冰捉鱼。整个冬天，他们变着法子捉鱼吃鱼。鱼救了三十三个人的命，也救了 183 团。这之后，捉鱼成了锡伯渡人独有的本领。

在锡伯渡，你再会钓鱼也不是本事，你就是一网把整个河里的鱼都捕上来，也没人服你，他们服的是捉鱼的本领。

连里有个外号叫条条的人，二十五六岁，人虽然精瘦，长得也不起眼，却是远近闻名的"大能"。"大能"是什么？是当地人对捉鱼最有本事人的敬称美誉！据说，有一年一帮人乘船渡河，船行到河中间水深浪急的一段时，有人发现水里有一个长长的黑影，像幽灵一样一直尾随着大船。大家议论纷纷，有的说，该不会是条大鱼吧？有的说，没见过这么大的鱼，可能是水妖吧！当地哈萨克族人有水妖的说法，说这条大河里有一个水妖，每年都从大海里游来，能把河边饮水的牛羊拖进河里吃掉，而且每年还要吃掉一两个在河里游泳或渡河的人。因为对水妖的敬畏，河边的哈萨克族人过去从不吃鱼，每年还专门扔两三只活羊到河里给水妖吃，让它不要伤害人。正当大家有些惊慌之际，只见条条脱去上衣双手向前一伸，一个猛子冲着黑影扎下去。水面浪花翻滚，把河底的泥沙都翻了上来。只见条条双手紧抱着一个长长的黑黑的大头，两条腿死死地夹住它的身子，一会儿冲出水面，一会儿又钻到河底。搏斗了好一会儿，条条拖出了一条两米多长的巨型狗鱼。那狗鱼的嘴能一口咬住人头，满嘴细细的尖牙有几厘米长。从此，"大能"的桂冠稳稳戴在了条条头上。

连里还有一个"二能"，姓陈，年龄大条条一轮，也是个捉鱼高手。他捉的鱼比条条多得多了，只是没机会遇到那种巨型的鱼，只能屈居第二。据说他对条条很不服气。他曾划着皮筏从渡口一直漂到哈巴河的出口找巨型鱼，可惜没找到，结果还是个"二能"。

我上小学五年级的时候，一天中午，我和几个小伙伴在河边玩水，看到"二能"背着皮筏走来。"叔叔——叔叔——"我叫着迎上去，从他手里接过两个小木桨帮他拿着。皮筏是用汽车的两个内胎充气后拴在门板大小的木板框上做成的，又轻巧又灵活。"二能"可能今天心情好，破例带我坐在筏上跟他下河捉鱼。他双手灵巧地划着桨，一会儿工夫就划到河中间的小岛旁边。小岛四周全是鹅卵石，水清见底，水流平缓。我们沿着小岛南侧慢慢地划行。忽然，我看见河底一块石头旁边有一条大鲶鱼，赶紧指给"二能"看。他把皮筏悄悄划到大鱼后面，迅速脱去衣服，右手拿了一个用细铁丝做成的可以伸缩的套子，扎进水里从后面朝大鲶鱼游去。他游到大鲶鱼跟前，右手把套子伸到鱼头前面，左手迅速抓住鱼尾。鲶鱼的鳞非常细小，身上还有黏液，很滑很难抓的。那鲶鱼使劲往前一窜，头正好钻进了套子里。用这种办法，一个来小时，我们就在小岛周围捉了四五条大鲶鱼。随后，我们又划到对岸的河湾处。这里水面平静，水下长着一米多高的水草。"二能"一头扎进水里，像鱼儿一样钻进水草不见了。好一阵不见他出来，我发慌了，大声喊叫起来。"哗啦"一声，"二能"从几米远的水面钻出，一只手里抓了一条十几厘米长的小白鱼。

"二能"上筏来，用一条钓鱼用的渔线，把两条鱼的下唇串到一起，又放回水里，拴在皮筏后面，有两米远距离。"二能"让我轻轻地划筏，两条鱼也跟着慢慢游。"二能"半蹲着身子紧紧地盯着那两条游动的小白鱼。突然，一个黑影从水草里窜出来，直朝小白鱼冲去。就在黑影快冲到小白鱼跟前的刹那间，"二能"

箭一样射向黑影。一条五六公斤重的狗鱼给他捉了上来。锡伯渡有两个能徒手在大河里捉鱼的人——这在方圆百里几乎无人不晓。但大家总体评价"二能"虽然是"二"，但实际能力和水平在"大能"之上。为此，"大能"心里也不服气。

锡伯渡下游一百公里左右的地方有一个很大很大的湖，维吾尔语称噶勒扎尔巴什湖，又称布伦托海、大海子，是乌伦古河的归宿地。当地人都叫它福海，意思是幸福的海。在远离大海的戈壁滩上有这么一个一望无际波涛拍岸的水面，当地人宁愿把它当作大海。在有些没有见过大海的人眼里，这就是海。福海的湖形似三角形，南北宽约三十公里，东西长近四十公里。其实，这个大湖原本与额尔齐斯河没有关系，是南边相距两百多公里的古尔班通古特沙漠边缘的乌伦古河水，最后拐了个大弯，流到离额尔齐斯河不远的一个巨大的低凹处，形成了大湖。因为戈壁漠风和烈日下湖水蒸发量大，加之乌伦古河水量减小，湖面一度缩下去十几米。为了补充湖水，兵团在 20 世纪 60 年代初，就调集了一个营的人，凿通了数公里长的额尔齐斯河与乌伦古湖之间的分水岭，每年有上亿立方米的额尔齐斯河水注入福海。大湖因为与两条大河相通，因此鱼也特别多，有五道黑、红鱼、鲤鱼、贝加尔雅罗鱼、河鲈、斜齿鳊、东方真鳊等几十个品种。

福海有湖怪的说法一直在当地哈萨克族牧民中流传。据说湖怪的头有汽车大，一口能吞进一匹在河边饮水的马。因为谁也没有亲眼见过，大家只是当茶余饭后吹牛瞎侃的闲话。

　　有一次，二能捉了一条一米多长的大鲶鱼，引得几十个人围观，大家啧啧叹服，纷纷称赞"二能"。

　　"大能"也来凑热闹，不屑地说："我以为多大的鱼哩，就这个有啥了不起的！"

　　"二能"一听来火了："你能，福海里的湖怪倒大，你捉得上来吗?!"

　　大家哄堂大笑。

　　"大能"感到羞辱，也火了，叫道："老子要是捉上来了呢？"

　　"二能"把帽子往地上一摔："大家作证，你要是把福海的湖怪捉上来，老子就当你孙子，从此天天叫你爷！操，还真把自己当根葱了！"

　　"大能"说："大家都做证啊，这孙子我认定了！老子让你看看什么叫'大能'！哈哈哈……"

　　在众人的起哄下，"大能"回家收拾了东西，真的去福海捉湖怪去了。

　　"二能"觉得老不是味儿，神使鬼差的，第二天也跟去了。

　　锡伯渡人都说，这俩人较上劲了，玩笑越开越大了。大家虽然不相信有什么湖怪，但既然"大能"和"二能"都跑去了，还都似乎有一种期待。

十几天后，"二能"回来了。大家发现，他像变了一个人似的，不说不笑，表情木讷。

第二天，"大能"也回来了。不过他不是自己走回来的，是渔场派车拉回来的一具尸体。

人们发现，"大能"尸体上的一条腿没有了。渔场的人说，从水里打捞上来时一条腿就没有了，像是被什么东西给咬掉了。有大胆的人往他大腿断的地方细看，果然是利牙咬断的痕迹。

于是便有人惊呼："福海里真有湖怪！"

众人问"二能"到底怎么回事，"二能"还是啥都不说。众人奇怪。乃至于有人私下揣测，说"大能"会不会是"二能"害掉的？

一周以后，从福海来了一个走亲戚的妇女，说有牧民在湖边捡到了一条五百多公斤重的死的大鱼，鱼头上还扎着一把大鱼叉，在鱼肚子里还有一条人腿……

从福海回来后，人们再没有见过"二能"捉鱼。